COBALT-SERIES

赤の神紋

黒鍵

桑原水菜

集英社

赤の神紋

黒鍵

目次

今《いま》井《い》秀《ひで》樹《き》

奥田とは中学時代からの付き合いで、劇団『飛行帝国』にも役者として参加。冷静な理論派だが熱い一面も。

奥《おく》田《だ》一《かず》聖《きよ》

役者兼演出家兼劇作家。若手劇団『飛行帝国』の主宰者。大学時代に知り合って以来の響生の親友。

連《れん》城《じょう》響《ひび》生《き》

小説家・劇作家。大学在学中に文壇デビューを果たすが、直後に劇作家・榛原憂月の戯曲の洗礼を受け…。

葛川《かずらがわ》　蛍《けい》

プロの役者を目指す19歳。通称ケイ。もともと歌が好きで、ストリートで歌っていたところを響生に見いだされた。奈良から上京して、バイトをしながら芝居の勉強中。いつか榛原憂月のもとで榛原作品を演じたいと願っている。

榛原《はいばら》憂月《ゆうげつ》

20歳で演劇界デビュー、一時代を創り上げた天才劇作家にして演出家。その強烈な影響力が、響生の小説家としての挫折を。

藤崎《ふじさき》晃一《こういち》

演劇界の革命児といわれた学生演出家・榛原憂月の舞台に立ち、「伝説のハミル」と呼ばれる。

登場人物紹介

イラスト／藤井咲耶

黒鍵

―前奏曲―

第一小節　—響生—

少年の頃からの性癖《せいへき》だった。

一度ひとつの物事に捕らわれてしまうと、自分で自分が止められなくなる。制御不能の衝動の名を、俺は「鬼」と呼んでいた。

背後から忍び寄り、頭から喰《く》らうのだ。

あの仏像と出会った時もそうだった。

最初に見たのは、そう。中学の視聴覚教室だった。歴史のスライドを見せられた中に、その一枚の写真はあった。

恐ろしく切れ長の眼の、白い肌をした男の顔だった。

男だと思ったのは、いかつい容貌《ようぼう》が当時放送していた刑事ドラマの中年刑事役に似ていたからで、仏には性別がないのだと知ったのは、ずいぶん後のことだった。俺は竦《すく》み上がった。生きた人間の顔だった。人間の表情を一瞬で凝固《ぎょうこ》させたらこうなる。こういう生々しい造形を「写実的」と呼ぶのを知ったのはこの時だった。

クラスメイトがろくにスライドも見ずに喋《しゃべ》っているのが不思議だった。おい、おまえら、これを見て何も感じないのか。なあ、何も感じないのか。

放課後、そのスライド写真の一枚を俺が盗み出したことを知る人間はいない。手の中に包み込んで俺は走った。坂道を転げるように走って、港の埠頭《ふとう》でようやく両脚《りょうあし》にブレーキをかけた。初夏の太陽にかざし、俺は心奪われたようにリバーサルフィルムに焼き付けられた、日光に透ける仏の塑像《そぞう》を見つめた。

これを人間が造ったのか。

生きてるみたいだ。なんて鋭い眼差《まなざ》しなんだ。

いいや、この仏像は息をしているに違いない。確かめに行こう。息づかいを確かめに行こう。

夏休みまで待てなかった。

あるだけの現金を握りしめて、駅へ走った。その仏像は奈良《なら》にある。遠い。この函館《はこだて》からは遠すぎる。青春なんとか切符を購入し、列車を乗り継ぎ、ひたすら地を這《は》って辿《たど》り着《つ》いた場所は奈良――東大寺《とうだいじ》。目指す堂は大仏殿《だいぶつでん》から少し外れた丘の上にあった。

戒壇院《かいだんいん》という。

よく掃《は》き清められた前庭には白い玉砂利《たまじゃり》が敷き詰められていた。白い庭は、初夏の陽射《ひざ》しを反射して眩《まぶ》しく、新緑の楓《かえで》とのコントラストが息の止まるほど鮮やかだった。

南大門《なんだいもん》の賑《にぎ》やかさが嘘《うそ》のように、ここは静かだ。

東大寺は自分と同世代の修学旅行生で溢《あふ》れていたが、ここまで来る物好きはさすがにいないらしく、たったひとりで訪れた私服の俺を、詰《つ》め所《しょ》のおじさんは怪訝《けげん》そうにじろじろと眺めていた。

壇上にあがれたことは今思えば幸運だった。

足が震えた。壇はいたってシンプルな造りだ。中央にどっしり据《す》えた多宝塔《たほうとう》を囲んで、四体の四天王《してんのう》が立っている。胸躍らせて、俺は夢にまでみた仏像と同じ目の高さで対面した。

しかし、そこにあったのは冷たい「塑像《そぞう》」だった。息づかいなど感じなかった。肌には土の細かい粒子が浮くばかり。餓鬼《がき》を踏む脚も筆を握る腕も思ったほどには生々しくなく、そこに「いる」というよりはただ「置いてあるだけ」だった。

拍子抜《ひょうしぬ》けした。

多分光のせいだ。堂内を照らす蛍光灯ののっぺりとしたフラットな光は、この像に漲《みなぎ》る緊張感をあまりにも台無しにしている。劇的な光に照らし出された横顔を見てみたい。そう願ったが、最初の衝撃と同じものを味わうならば、写真家にでもなるしかなかったろう。

何が足りない。これでは息づかいが感じ取れない。装置が足りない。この一体の塑像が擁《よう》する強烈な世界を出現させる「装置」が。

わかったぞ、彼は語り出せないのだ。この像は命を隠している。白く固い体が生身となり、能弁になる瞬間をこの目で目撃してみたい。暗闇《くらやみ》が必要だ。夜忍び込むか。蠟燭《ろうそく》の炎がいいだろう。月光でもいい。この凝視の眼差しの先にあるのは暗闇でなくてはならない。

切実に思った。

その行為の名すらまだ知りはしなかったくせに。

誰か！

誰か与えてやってくれ。

この仏に「場」を。

彼の魂《たましい》が語り出すに相応《ふさわ》しい「舞台」を。

第二小節　―一聖―

大阪《おおさか》の街は、まだ五月の頭だというのに、真夏のような暑さだった。

異常気象も日常となった昨今では、ＧＷ《ゴールデンウイーク》に三十度を超す日があっても珍《めずら》しくはなくなっていたが、大阪の蒸し暑さは格別だ。雑踏《ざっとう》の人々も半袖《はんそで》姿が目立った。夕方になって幾《いく》らか気温が下がり、劇場がある梅田《うめだ》界隈《かいわい》にもようやく涼しげな風が吹き始めた。

舞台『赤と黒』の大阪公演は、三日後千秋楽《せんしゅうらく》を迎える。〈昼の部《マチネ》〉の上演が終了した劇場前広場には、奥田《おくだ》一聖《かずきよ》の姿があった。自分の劇団『飛行帝国《ひこうていこく》』の大阪公演を控え、劇場下見ついでに『赤と黒』を観《み》に来た奥田である。

傾いた陽《ひ》がオブジェを照らしている。帰る客の生き生きした瞳《ひとみ》が芝居の盛況を伝えていた。貼《は》ってあるポスターの、やけに扇情《せんじょう》的な主演俳優の表情を眺めて、奥田も興奮を冷ますように、大きく息をついた。

来年再演予定の榛原憂月《はいばらゆうげつ》作『赤の神紋』のオーギュスト役をめぐる、葛川蛍《かずらがわけい》と新渡戸新《にとべあらた》の対決も、佳境《かきょう》を迎えていた。リングとなる『赤と黒』は連日盛況を極めていた。

「――……たまんねー芝居しやがって」

他人の芝居を観て、うずいたのは久しぶりだ。ケイと新の演技はとんでもなくエキサイティングだった。斬《き》り結ぶ火花が引火して、役者 魂《だましい》をびんびん刺激された。悔《くや》しい。あれ観て勃《た》たねえ役者は役者じゃねえ。あんな風《ふう》にヤりあえるふたりが心底羨《うらや》ましい。初日からここまで化けるとは。蓋を開けてみれば、奥田が望んだ以上に、鳥肌モノの出来だった。

この興奮を本人にどう伝えればいいものか。……反面、天邪鬼《あまのじゃく》も頭をもたげる。悔しいから黙っていようか。

当人・葛川蛍とは、夕食を共にする約束をしている。

「お待たせしました、奥田さん」

宿泊するホテルのロビーに現れたケイは、Tシャツとジーンズというラフな恰好《かっこう》だった。こざっぱりして、熱に浮かれた舞台の匂いは、もう残していない。あれだけ迸《ほとばし》らせていたオーラをきれいに落としてきたケイをみて、やっと夢から醒《さ》めた心地がした。

今日は〈昼の部《マチネ》〉のみで、このあとの時間はゆっくりできるという。一カ月にわたる公演で疲労も溜《た》まっただろうケイを気遣《きづか》って「ホテルの中で食おう」と提案した奥田だが、ケイのほうは街に出たがっていた。

「毎日劇場とホテルの往復で……。ちょっと飽きてたんです。連れ出してもらえてよかった」

雑踏が恋しかったらしい。地下鉄でミナミに向かった。人混みに紛《まぎ》れていると「ただの葛川蛍」を取り戻せる気がするのだろう。奈良《なら》にいた頃はよく買い物に来ていたとかで、心斎橋筋《しんさいばし》を勝手知ったる足どりで先導していく。

庶民《しょみん》派の串《くし》揚げ屋で早めの夕飯を食べた。

「ホントですか。うれしいです、奥田さんにそう言ってもらえると」

路地裏にある間口の小さな店にはナイター中継が流れていた。油のこびりついたカウンターの端の席につき、劇評を伝えると、ケイは素直に喜んでみせた。

「……毎回いっぱいいっぱいで。自分の演技がよくなってるのかどうかも、実はよくわからないんです。本当に」

ソース入れの壺《つぼ》に串カツを突っ込みながら、考え深そうな眼をしている。強がっていても、横顔には疲れがみえる。

観る側は好きに盛り上がればいいだけの話だが、演じる当人はそうもいかない。

劇場とホテルの往復は飽きたと言うが、本心とは違うことは顔を見ればわかる。飽きる余裕などないのが本当のところだろう。毎日劇場から帰ると気絶するようにベッドに倒れ込んでしまうという。精神的にタイトすぎて、外に出るのもままならないのだ。息詰まる毎日を、大楽《おおらく》日《び》を前に一度リセットしたいようだった。

「もうあと五回しか演じられないんだな……」

後輩役者の重荷を思って、奥田は肩をぐいぐい摑《つか》んでやった。

「無心になれてる証拠だ。がんばれよ」

ケイはほんの少し笑ったが、その横顔には落としきれない影がある。

＊

少し通りのいい風を吸わせたいと思い、奥田は自分が泊まる京橋《きょうばし》のあたりまでケイを連れだした。大川《おおかわ》に面したホテルの前は緑の公園になっていて、水上バスの乗り場もある。水質はお世辞《せじ》にもいいとは言えない大阪の川だが、ここは川風も吹いていて、ホッと一息つける場所だ。夏の天神《てんじん》祭りの船渡御《ふなとぎょ》もこのあたりを行くのだという。川を見つめるケイの表情は幾らか柔らかくなっていた。

「奈良の高校の友達も、何人か観に来てくれたんです。一年半もいなかったのに、覚えててくれたんだな。でも話してると奈良弁がうつっちゃって。親も奈良出身だったから、気ィ弛《ゆる》めるとすぐつられる……」

街並みの向こうには、だいぶ暗くなった生駒《いこま》の稜線《りょうせん》がうっすらと横たわる。奈良はあの山のすぐ反対側だ。でも今回は寄る余裕もない。

「そうだ。ばあちゃんが……祖母が観に来てくれたんです。よかったよ、って涙なんか拭《ふ》きながら言うもんだから、照れくさくて」

とりとめのない話で気を紛《まぎ》らわせているようでもあった。だけど奥田の目は、ケイの身に起きた小さな変化もちゃんと捉《とら》えている。

「おまえ、顔つき変わったな」

ふと我《われ》に返ったようにケイがこちらを見た。

「そうですか?」

小さく笑ったが、長くもたずに目を伏せた。笑顔で語っていても無邪気《むじゃき》さがない。少し見ないうちに硬質な表情をするようになった。「男」の顔になった、と奥田は感じた。微笑を浮かべてもどこかに諦《あきら》めの色が漂うそれは、人生というものに帳消しの効《き》かない苦さを覚えてしまった顔だ。「大人」になったという紋切り型で片づくものでもない。

この二カ月、ケイは様々な大波に翻弄《ほんろう》されてきた。謂《いわ》れのない醜聞《しゅうぶん》とそれが呼び込んだ誹謗《ひぼう》中傷《ちゅうしょう》、新との確執《かくしつ》、身も心も磨《す》り減らすような競演、そして——連城響生《れんじょうひびき》の事故。

奥田の親友・連城響生は、交通事故を起こして生死の境《さかい》を彷徨《さまよ》った挙句《あげく》、意識不明に陥《おちい》って、ケイの心を激震させた。

「……あれだけのことがあったのに、おまえ、よく神経もったよ」

川風に吹かれながら、ケイは伏し目がちに柵《さく》へもたれている。

「俺だって、正直このひと月はまいりきってた。おまえもだ。目も当てられないほど混乱してたくせに、あんな状況で本当によくやった。よく舞台に立ったよ」

役者だって人間だ。私生活で受けた精神的ショックは演技にも現れる。ケイのような、全身全霊で役にのめりこんでいくタイプの役者なら、尚更《なおさら》だ。

「よく乗り越えたな」

「——乗り越えてなんて……」

ケイは尻《しり》ポケットに両手を突っ込みながら、背中を丸めた。

「……乗り越えたんじゃなくて、ただ……。あまりにも考え無しで生きてきた今までの自分に、呆《あき》れてるだけです……」

といって無理に苦笑いを浮かべようとしたが、唇《くちびる》は歪《ゆが》んで笑みの形にならなかった。

「もっと、……もっと用心深く歩いていなければ、オレはまともな人たちの世界では、生きていけないのに」

聞き流すには、少しただならぬ呟《つぶや》きだった。怪訝《けげん》に思って問い返そうとした奥田だが、ケイの瞳《ひとみ》が悲しそうに揺れるのを見て、突っ込めなくなった。

「今頃気づくなんて……」

「おまえ……」

「……もう遅い……」

ケイは苦しげに俯いた。

「言ってしまったから、もう引き返せない。なにもかも遅い。わかってるんです。オレには言えない。言う資格もない」

「……」

「受け入れて……ほしかっただなんて」

ちがう……、と奥田は少し茫然《ぼうぜん》として思った。ケイは、何を、とも、誰を、とも言わなかったが、察することができてしまった。──これはちがう。動揺や疲労が言わせている台詞《せりふ》ではない。自分が思っていたようなわかり易《やす》い理由でもない。これは……。

「何があったんだ」

「……」

「連城か」

問いかけてもケイは答えなかった。何か重くて苦いものを呑《の》み込んだ、そんな眼をしていた。新との闘いがかくなる境地にさせたのだと思いこんでいたが、これはちがう。研ぎ澄まされていく舞台のケイとは反対に、ピンライトの影のごとく陰影を濃くさせていく何かを、いまの彼は抱えているようなのだ。

これは……。

自《みず》らの人生に影を落とすものを知る、孤独者の表情だ。告知された病《やまい》と一生つきあっていかねばならないと知った者の顔だ。

自分に名を付けてしまった顔だ。

それを抱えて生きるために、どんな掟《おきて》を自分に課せばいいのか。

なにを諦めるべきなのか。

水上バスがゆっくりと乗り場を離れていく。乗り遅れた客のように、どこか途方に暮れた表情でケイは悲しそうにそれを見ていた。

「おまえ、大丈夫か」

「……………」

単なる大人になるための通過儀礼というだけなら、これほど危うさは感じない。

「奥田さん……」

少しだけ顔をあげて、ケイが言った。

「オレは自分が、人の世では決して受け入れられないことをした人間だから、舞台に居場所を求めるわけじゃないんです。そんな気持ちで舞台に立ったら、芝居の神様に叱《しか》られる。オレはただ……」

奥田はケイの黒く潤《うる》む瞳から眼が離せなくなってしまう。

「……ただ……――」

「葛川」

深く追及することもできず、川風に吹かれるケイを見つめているしかなかった。

今のケイは、響生に拒絶された自分を丸ごと呑むしかないと思っている。

誰を恨《うら》むのでもない。己《おのれ》の物語の内に誰にも明かせぬ重大な秘密を持ち、それを一生独《ひと》りきりで抱えねばならないと知ったとき、ケイはぼんやりとした光の下で、人生は祝福されるべきものという優しい未来図と、自ら訣別《けつべつ》を決めたのに違いなかった。

もう夢を追うだけの少年の日には戻れない。そう言いたかったのだろうか。

「………。誰にも明かせないことなんだな」

ケイは険しい眼で川を見つめている。このなんでもありの世の中で「決して受け入れられないこと」なんて、そうそうあるものではない。

「でも気持ちだけは、誰かに聞いて欲しい。そういうことって、あるよな」

「奥田さん」

「今おまえの胸をムリにこじ開けたら、おまえ、多分立てなくなる。だからあえて詮索《せんさく》はしない。いまは、な。だけど、これだけは言わせてくれ。葛川」

肩にそっと手をかけるような調子で、奥田は言った。

「舞台を、逃げ場にだけはしないでくれよ」

突かれたようにケイは顎《あご》をあげた。

「普段の暮らしの、人との関わりンなかでわかりあうのを諦めて、舞台に引きこもるのだけはやめてくれよ」

「奥田さん……」

「世間の輪に入っていけないから見せ物小屋に逃げ込むような、そんな卑屈《ひくつ》な気持ちは持つな。胸、張れよ」

ケイは淋《さび》しそうに微笑するだけだ。

「……卑屈であろうとあるまいと、そこで生きるしかない人間は、じゃあどうしたらいいんです」

奥田は何も言えなくなった。

ホテルのタクシーで宿泊先までケイを送り届けることにした。別れ際、ケイがふと意を決して何かを言いかけたのだが、声にする前に呑み込んでしまった。深く一礼して、強《し》いて背筋を伸ばして去っていく背中に、彼の心が見えるようだった。

演劇をやっていることは時折、酷《こく》だと思う。ケイが言いかけた言葉も、一瞬の口の形と舌の位置で読みとってしまえた。「連城」と言おうとしていた。

東京《とうきよう》公演が終わってから、響生がなぜか一度もケイの名を口にしようとしなかったのを思い出して気にかかった。とうとう大阪公演には来なかったことも、ケイだけが、理由を知っているらしい。

葛川はなぜあんなことを口にしなければならなかったのだろう。

おまえが言わせているのか、連城……。

奥田はぼんやりと水辺に揺れるホテル街のネオンを見つめて、煙草《たばこ》に火をつけた。煙が滲《にじ》んで、やけに白い夜空に溶けていく。

しようと思えば、いくらでも下世話な想像をすることはできる。おそらく葛川は、連城、おまえが決定的に受け付けられない部分へ、まともに飛び込んでしまったのだろう。

おまえは、自分の書いた物があいつに演じられれば、この九年間を昇華《しょうか》できると信じている。

だけどあいつは天使じゃない。俺の目に映る葛川蛍は、地べたで格闘しているただの人間だ。おまえが怖がり続けてきた「他者」のひとりだ。

おまえがなぜ、葛川の演技にだけ救済を感じるのか、俺には理解《わか》らない。いや、わかる気もする。わかるだけに気がかりなんだ。おまえみたいに恐がりで冷淡で起伏の激しい人間が、生身の人間に執着《しゅうちゃく》すれば、きっと互いをボロボロにする。

それとも、血を流さねば、この救済は成らないのだろうか。

なあ、連城。おまえは好むと好まざるとに拘《かか》わらず、他人の人生に揺さぶりをかけているよ。おまえは揺さぶられる側だとしか思っていないようだが……。見ろ、おまえが見つけてきた榛原の申し子は、おまえと関《かか》わってもうあんな風に、人生の底を流れる重い旋律《せんりつ》に気づいてしまった。

引きずり出したのはおまえじゃないか。誰より他人との関わりを恐れていた、おまえ自身じゃないか。

榛原だけでは、葛川は自分の本当の孤独に気づくことはできなかったはず。

――俺は多分、一生、白鍵《はっけん》にはなれない……。

いつか響生が泣いて口走った言葉だ。耳の奥に聞きながら、奥田は乾いた眼差《まなざ》しで川面《かわも》に映るネオンを数えていたが、水上バスの航跡《こうせき》に乱されると、やがて目を閉じた。

白鍵には、なれない……。

*

地上にあがると、爽《さわ》やかな陽射《ひざ》しが差し込んできた。

翌日である。近鉄奈良駅上の広場には、奥田一聖の姿があった。ケイを大阪に残し、帰京することにした奥田は、ふと思い立って奈良へと立ち寄ってみることにした。

駅ビルの観光案内所で地図をもらって歩き出す。連休中で、奈良公園は親子連れで賑《にぎ》わっていた。途中、名物の鹿《しか》に興味をおぼえ、鹿せんべいを買って鹿に追いかけ回されたりしながら、奥田はようやく目的地にたどり着いた。

「にぎやかだなー……」

東大寺《とうだいじ》は実に修学旅行以来十年ぶりだ。みやげ物屋の前は観光客と鹿でごった返している。糞《ふん》をよけながら、南大門《なんだいもん》の前に立ってみた。高校時代の記憶はほとんど薄れていたが、大きな阿吽《あうん》の仁王《におう》像には覚えがあった。

ふたりの仏師が競い合った仁王像にはそれぞれ個性があって、運慶《うんけい》の「阿」像は組みあがってから更《さら》に迫力を出そうとして、乳首の位置をずらしたり筋肉を足したりと修正を施《ほどこ》した跡《あと》がある。緻密《ちみつ》な計算のもと、完璧を期した快慶《かいけい》の秀麗《しゅうれい》な「吽」像とは対照的だ。俺の舞台は運慶タイプかな、と奥田は思った。

大仏殿《だいぶつでん》で観光客と分かれ、向かったのは、小さな丘の上にある明るい雰囲気《ふんいき》のこぢんまりしたお堂だ。

ここか、おまえがいつも見に行く仏像があるというのは。

ふと思い出して、無性に見てみたくなったのだ。

親友が幾度となく訪れた土地だ。中でもこの戒壇院《かいだんいん》は、特別だった。響生が中学時代、これを見たさに函館《はこだて》から家出同然で駆けつけたという。

あれか。

あの、遠くを凝視《ぎょうし》している厳しい表情の甲冑男《かっちゅう》……。

ああ、いまなんとなくわかった。おまえがこいつを好きな理由。

おまえは心が弱くなると、いつもこいつに会いに来るんだな。自分を叱咤《しった》してもらうように。そしてこの仏像は、荒れて暴れ続けるおまえの九年間を、ここからじっと見つめ続けてきたのだろう。

響生がケイを見つけてきたのも、この街だった。

この土地には親友の魂を揺さぶる何かがあるのだろう。そう思うと、よその見知らぬ土地のようには思えなかった。おまえの心には、いつもこの土地があり、この仏たちがいて、密につながっているんだな。

響生は言っていた。今の戒壇院は江戸《えど》時代に建てられた堂で、現在ある四天王像は客仏なのだと。本当はどこにあったのかわからない。わからないが、この仏が宿す微細《ちみつ》な陰影を受け止めるに相応《ふさわ》しい空間だったことには間違いない。

榛原だったら、作り出せるに違いない。その空間を。広目天一軀《こうもくてんいっく》を舞台に載せただけで、ひとつの物語を創り出せる男だ、榛原憂月という演出家は。

響生が目指す表現の世界を、榛原だけが生み出せる。自身以外では、たったひとり、榛原だけが。

だから愛しているし、妬《ねた》んでいるのだ、と響生はいつか泣きながら吐露《とろ》した。

広目天を見上げながら、奥田は、戒壇院のこの空間は確かに空疎《くうそ》すぎると思ったが、かといって荘厳《そうごん》に飾る必要もないのだと感じていた。この仏には、闇《やみ》だけがあればいい。闇と、ひとつの燈明《とうみょう》。それだけがあれば充分彼は語り出す。そう感じていた。

俺は、連城。おまえを九年間、ずっと見てきたよ。

榛原憂月の影響から逃れようと、もがき苦しむおまえを見ながら、どうにかして救ってやれないものだろうかと考えた。

俺は、葛川のようにおまえの魂を昇華させてやる術《すべ》は持たないが、おまえの火が消えないように細い筒で息を吹き込むくらいのことは、してやれたのだと思いたい。

そうでなけりゃ、せつない。

戒壇院を後にした奥田は、先程目についた奈良国立博物館に立ち寄ってみることにした。木造建築が多くを占める奈良公園で、明治《めいじ》の洋館は一際《ひときわ》人目を引く。煉瓦《れんが》造りのレトロな建物は、旧帝国奈良博物館。ハイカラな洋風建築で、明治の建築家・片山東熊《かたやまとうくま》の設計だという。

中に入ると、空気がひんやりとしていた。入場券を買い、赤い絨毯《じゅうたん》じきの廊下に足を踏み入れ、収蔵品の展示室に赴こうとした奥田は、ふと廊下の片隅に、古ぼけたピアノが置いてあるのに気がついた。

これは……?

すると、学芸員とおぼしき女性が声をかけてきた。

「次の特別展に出品されるピアノです。奈良で一番古いピアノなんですよ」

楽器を集めた特別展があるのだという。調律もしてありますから、弾いてみてもいいですよ、と学芸員に言われ、奥田は興味津々《しんしん》でピアノの前に立った。黄ばんだ鍵盤は、たくさんの人に奏でられ、心なしか磨り減っている。

人差し指でおそるおそる、ドの鍵盤を押してみた。ぽーん、とどこか懐かしい柔らかな響きが返ってきた。

高い窓から差し込む光が、隣の黒鍵《こっけん》に反射していた。

奥田はふと思い立って、そこを弾いてみた。

どこか不安定な、このままでは終わっていけないような……。

ひどく心に引きずる「音」が煉瓦の洋館に響いた。

黒鍵は黒鍵だけでは曖昧《あいまい》で、聞き手の耳を満足させられない半人前の存在だと響生は言った。白鍵の名なしには、自らを名乗ることもできない。果たしてそうだろうか。それは白鍵と比べて聴くからであって、最初にこの一音があったなら、それは半端《はんぱ》などではなく、世界を満たしきった音として聴き手の聴覚に訴えるのではないだろうか。

だが響生は言う。絶対音というものは存在する。聞き分けられる人間にとって、黒鍵は黒鍵でしかない、と。

だけど、連城。

人差し指を置いた黒鍵を見つめて、奥田は思った。

俺はこの音は嫌いじゃない。

曖昧な音を出せない人間だっている。白鍵だけのわかりやすいメロディでは奥行きがない。

黒鍵があるから楽曲は複雑で彩り豊かになる。

白鍵だけの和音を陰《いん》にも陽《よう》にも転じてみせるのは黒鍵の存在じゃないのか。

黒鍵は白鍵に憧《あこが》れていた。

榛原憂月という「名」をもつ音に憧れていた。

おまえが苦しんできた、この九年間……。

洋館の窓から、一筋の光が鍵盤のうえに射し込んでくる。

奥田はもう一度、黒鍵を響かせてみた。

黒鍵

第一章

　奥田《おくだ》一聖《かずきよ》が「連城響生《れんじょうひびき》」という名前を最初に見たのは、もう十年も前のことだ。とある文芸誌の中だった。好きな劇作家が新作戯曲《ぎきょく》を載せるというので買った文芸誌の、後ろの方に短い作品が載っていた。

　古典を題材にした掌編《しょうへん》だった。万葉集《まんようしゅう》の一節から膨《ふく》らませた悲恋《ひれん》物語で、じんわりと心に滲《にじ》む優しい空気に満ちた内容とあいまって、癒《いや》されるような語り口に、わけもなく胸がジンとなった。好きだなァ、この話。そう思って著者のプロフィールを見た奥田は、自分と同じ大学に在学中の同級生だと知って驚いた。学部こそ違うが同じキャンパスに通う学生だったのだ。すげえな、しかも本名かよ。

　こんな奴《やつ》いるんだ。

　大学というのはオープンなのがよいところで、他学部の講義に紛《まぎ》れ込むなど何でもない。一目顔を見てみたいと思い、翌日さっそくサークル仲間の文学部生に調べさせ、連城響生がとっている民俗学概論《みんぞくがくがいろん》の教室に紛れ込んだ。

へえ……、なかなかの男前じゃないか。

鼻筋がすーっと通っていて、十八かそこらにしては、他の同級生がちょっと幼稚に見えるほど、落ち着いた顔つきをしている。おとなしそうだが、文学青年然とした貧素《ひんそ》な体つきはしていないから、意外に体育会系なんだろうか。清潔そうな白の開襟《かいきん》シャツが嫌味なほど似合う。端正な容貌《ようぼう》はなるほど、女子学生に注目されているのも頷《うなず》ける。もし売れたら「文学界の貴公子」だの「王子様」だの、そんな陳腐《ちんぷ》な肩書きがつくのが目に見えるようだ。あんな顔で小説を書いてるのか。役者でもやったほうがいいのに、勿体《もったい》ない。

奥田は演劇サークルの一員だ。大学に入ったら演劇をやるのだと心に決めていた。浪人生をやっている一年間も芝居を観《み》に行くのはやめなかったし（というより芝居が目的で、予備校通いを名目に上京し、一人暮らしを始めた）大学に入ったら自分で劇団を旗揚《はたあ》げするのが目標だった奥田にとって、在学中に小説誌デビューした「連城響生」は少しだけ先を行く男だったから、意識せずにはいられなかったのだ。

その連城響生はどこのサークルにも所属しておらず、交友範囲もごく狭いようだった。学外では執筆《しっぴつ》活動に専念ということらしい。

それでもクラスには親しい友人が何人かいるようだ。学食でたまたま見かけた奥田は、一緒にいる友人に見覚えがあった。

「隣にいるの、劇研の青山千冬《あおやまちふゆ》じゃないか」

学内にはいくつかの演劇サークルがあったが、演劇研究会は最老舗《さいしにせ》だ。

「……青山って、たしか今年入った一年だろー。なんでも高校演劇の全国大会で演出やって、二位になったとかっていう」

とサークルの「先輩」（といっても奥田が一浪しているので年齢は同じだ）の角倉《かどくら》から教えられ、奥田はクイと身を乗り出した。

「へえ。高校演劇ねえ」

「うちにも誘ったんだけど、あっさり劇研にとられたね。あっちのほうが運営費でかいし」

老舗の演劇研究会は大学創立以来の歴史を誇るサークルだ。学食の一角で化学調味料たっぷりのラーメンをすすりつつ、角倉が言うには、

「なんでも東都《とうと》プロの持ってる劇団の演出部からスカウト受けたらしいけど、蹴《け》って進学したとかいう。春の公演で演出やるらしいよ」

「ふー……ん」

とにやにやしながら、奥田は腕組みをした。

「来週の交流会。あいつ、来るかね」

「ああ、来るんじゃない？」

奥田の胸には野望があった。来春の独立を目指して、新サークル旗揚げの準備を進めているところだ。もしできるなら、あの連城響生とやらを巻き込んでみたい。そう思ったのだ。

「あの青山に、連城響生、紹介してもらえねえかな……」

「えー？　そりゃどうかな。紹介するくらいなら、自分のとこに書かせてると思うけど」

「そこを何とかだよ」

「うーん」

思案に暮れているところに、階段の方から「ニュースだぞ！」と役者特有の野太い声があがった。振り返らずともサークル仲間だとわかった。

「榛原憂月《はいばらゆうげつ》が来年『メデュウサ』を東京で再演するってさ！」

打てば響くような勢いで、仲間たちが「うっそ、マジ」と悲鳴をあげた。

「『メデュウサ』ついに東京くんのかよ！　キャストは」

「ハミル役は変わらず藤崎晃一《ふじさきこういち》」

「うそォ、やった！　あの白蛇《しろへび》のシーン、ナマで見れるーっ！」

奇声を発する演劇仲間を一般学生が白い眼で見ている。奥田は「やれやれ」という顔になった。こんな反応になるのも無理はない。榛原憂月の名前を聞いて血が沸き立たない演劇野郎はハブになる。一般での知名度はどうか知らないが、今時の小劇場系で榛原を知らない奴はもはやモグリだ。

もっとも最近はメジャーからも注目されているらしい。榛原憂月。三年前に福岡《ふくおか》の小劇場で彗星の如《ごと》く現れた、今最も勢いのある若手劇作家兼演出家だ。デビュー作『メデュウサ』は

「一度は見ておけ」と誰もが言う怪作である。

奥田が最初に榛原憂月の舞台を観たのは二作目の『狗賓星《ぐひんぼし》』だった。ナチスドイツ時代の精神病棟を舞台に繰り広げられる「狂気」をテーマにした物語だ。

こりゃあ、大した才能が出てきたものだ、と奥田も驚嘆《きょうたん》したものだ。しかもその榛原は自分とほんの三つしか歳《とし》が違わないのだ。凄《すご》いとは思ったが、皆のようには熱狂しなかった。凄さは認めるが、自分がやりたい世界とは違うというのが理由だった。榛原が打ち出す世界が斬新《ざんしん》な交響曲なら、自分はサイケバンドのマニア路線だ。それでも強烈な刺激にはなったらしい。畜生《ちくしょう》、今に見てろ、おまえらは多少先行しただけだ、すぐに追いついてやる、と腹の中を熱くしながら、やけくそな拍手を送ったものだ。

「奥田、おまえも同じ日でいいか」

チケット取りの相談で盛り上がっている連中に、奥田は適当に返事をした。

榛原憂月という男は、滅多《めった》に表に出てこないので、イマイチ正体が知れないが、名前だけはどんどん一人歩きして、いまや化け物的な不気味さすら感じさせる存在だ。その榛原と、鮮烈なコントラストを成すのが、かの劇団の看板役者・藤崎晃一である。光と影とはこのことで、榛原の不気味さと同じくらいにインパクトのある、ゾッとするほどの美貌《びぼう》の持ち主で、あの容姿で鬼気迫る演技をされると、観ているこちらはもう黙るしかない。彼らの舞台を観た者と観ない者では、演劇に関する感覚が二十年分差が出るとまで言われた。毎回劇場は立見客が溢《あふ》れ、何度再演をやっても即日ソールドアウトしてしまうという。まさに怪物的な勢いを持つ演劇集団なのである。

　榛原憂月の名前を口にしただけで躰《からだ》を熱くさせる仲間たちは、革命の熱病にでも取《と》り憑《つ》かれているようだ。カリスマなんて陳腐《ちんぷ》な言葉は今時流行《はや》りもしないが、榛原が掻《か》き立てるマニアックな感覚は、新時代アングラとでもいうようないかがわしさを擁《よう》していて、どこか、一九六〇～七〇年代の、演劇が最もパワーを持った時代の匂《にお》いがする。その疑似《ぎじ》体験でもしているようだ。

　だがテント芝居の泥臭さはない。全編に貫かれる清濁併《せいだくあわ》せ呑《の》んだ強烈な美意識が、興奮の火種だった。

　スピード感で誤魔化《ごまか》されたコミック的な芝居が若者の間でもてはやされる昨今だ。榛原の生む激しくも美しい芝居には時代を塗り替える何かがあったに違いない。

　案《あん》の定《じょう》、一週間後に行われた演劇サークル交流会でも、同じような光景が見られた。榛原憂月の名を唱《とな》えることが、まるで演劇の最前線に立つ者の符丁《ふちょう》とばかり、それはまあ、うるさいほどその話題で沸き立った。

　輪の真ん中で、特別息巻いている男子学生が青山千冬だった。高校演劇の演出で全国二位の実績をもつ青山が、口から泡飛ばす勢いで榛原憂月を熱く語っている。

「やれやれ……、全国二位は榛原シンパかよ」

奥田は遠まきにその光景を眺めるだけだ。

交流会の会場である居酒屋は、見渡せば季節柄鍋《なべ》料理の湯気が、そここから立ち昇る。その湯気の向こう、座敷の奥で、誰とも話さず「壁の花」状態で酎《ちゅう》ハイをあおる、一人の男子学生に気がついた。

奥田は目を剝《む》いた。おい、あいつ……。

連城響生じゃないか。

「よう。はじめまして」

奥田はジョッキを片手に、ためらうことなく近づいていった。

「作家先生がこんなところで何してる？」

知りもしない男にいきなり馴《な》れ馴れしい口をきかれて、失礼な奴とでも思ったのだろう。響生は不審《ふしん》げに眉《まゆ》を顰《ひそ》めて「誰でしたっけ、あんた」と言い返してきた。

「俺は第II劇研の奥田一聖だ。経済学部一年。一応あんたと同学年だよ。連城響生サン」

「なんで俺のことを？」

「小説書いてるだろう。『海朋《かいほう》』で」

響生はちょっと意外そうな顔をした。マンガ雑誌ならいざ知らず、文芸誌なんて今時の若者がそうそう眼にするものではなかったし、巻末の数ページにひっそり載っただけの掌編《しょうへん》だ。知る人間がいること自体、驚きだった。

「読んだよ。学生作家か。『海朋』に寄せるってことは純文学志向なのか」

「別に。なんとか志向とか、そんなのはよくわからない」

壁を感じさせる物言いだった。生身の連城響生は、小説から受ける印象とはまるで正反対の男だった。人懐《ひとなつ》こくて社交的な性格を勝手に想像していた奥田はちょっと面食らってしまった。どうも一方的で根拠のない期待だったらしく、やけに取っつきがたい男だった。人との関《かか》わりに興味がないような……。硬質な雰囲気《ふんいき》がある。それとも小説家という人種は皆、こうなのだろうか。

「そんな警戒すんなよ。俺はあの小説、いいと思ったんだ」

「どうも」

興味を寄せても跳ね返される。頑《かたく》なな殻《から》を纏《まと》っている。この男のどこから、あの柔らかで優しい文体が紡《つむ》ぎ出されてくるのだろう。

「それよりなんでここにいるんだ。どっかのサークルに入ってたっけ」

「顔出せって友人に誘われただけだ」

「劇研の青山？」

「ああ」

「芝居書くのか」

「興味ない」

俺になんか構わなくていいから、早くどこかに行ってくれ、とでも言いたげな顔だ。迷惑そうにされても、奥田は簡単には引き下がらない。

「俺さ、来年劇団旗揚げするつもりなんだ。コイツはイケるって奴に片っ端から声かけて、所属大学越えた劇団にしようと思ってる。なあ、うちで芝居書く気ねえか」

「だから言ったろ。芝居に興味はない」

「観たことねえのか、芝居。なら、観に来いよ。春公演。ここだけの話、劇研よりII劇のほうが数段面白えよ」

「芝居なんて、何が楽しいんだ」

とやけに挑戦的な目つきで言い返してきた響生に奥田はちょっと驚いた。

「内輪盛り上がりで、自己満足で、仲間内でベタベタぎゃーぎゃー。俺は大体サークルってヤツが嫌いなんだ。お揃《そろ》いジャンパーなんて着てご満悦《まんえつ》な奴ら見てると反吐《へど》がでる」

「ほほう……」

奥田は怒るよりも先に感心してしまった。芝居サークルの交流会に呼ばれて来ているくせに、こんなに堂々「嫌い」発言が飛び出してくるとは。

「内輪盛り上がりのベタベタ連中の酒の席で、それが言えるのは大したもんだ」

響生はふてくされたように顔を背《そむ》けて酎《ちゅう》ハイをあおる。おや？　もしかしてコイツ可愛《かわい》いんじゃねえか？　人を寄せ付けないなんて顔をしているが、あおっているのはウイスキーでもビールでもなく、ぶどう酎ハイなのである。大人ぶっているわけでもなく、はねつけきれもしないそこに、奥田は妙な人肌を感じて、じゃれるような調子で響生の襟《えり》をつかむと無理矢理こちらを向かせた。

「悪かったな、内輪のベタベタで。まあいいさ。人嫌い気取って、人間関係から逃げてる奴よりはマシだよな」

硬質ガラスめいた響生の眼の奥に、熱のようなものを読みとったのはその時だった。それがコンプレックスを見抜かれたあの屈辱《くつじょく》の熱だと気づいた次の瞬間、奥田は顔いっぱいに冷水を浴びていた。響生が手近にあったお冷《ひ》やのコップを掴《つか》んで、思い切りぶちまけたのである。

呆気《あっけ》にとられる奥田と演劇学生たちを尻目に、響生は財布から引き抜いた五千円札をテーブルに投げつけると、

「くだらない人間関係なんかに時間をとられるのは御免《ごめん》だ」

言い捨てて、コートを脇《わき》に抱え店を出ていってしまう。誘った張本人である青山千冬が慌てて後を追っていくのを見て「今の今までほったらかしだったくせに」と内心揶揄《やゆ》した奥田は、顔を拭《ぬぐ》いつつ、あまり怒っていない自分を不思議に思った。

そうか、あいつ、だから小説なんか書いてやがんのか。

それがわかったのが、嬉《うれ》しかったのかもしれない。

*

芝居をやる連中というのは、どうしてこう、お節介《せっかい》なのだろう。

あんなコンパ、行くんじゃなかった、と内心後悔しながら新宿《しんじゅく》駅に向かった連城響生は、ふと肩に白いものが降りかかるのに気づいて、思わず空を見上げた。

雪がちらついていた。東京のせわしない人混みの中で見る雪は、函館《はこだて》に降る雪よりも、なんだか黄ばんでいて、みすぼらしい感じがした。立ち止まっていると、邪魔だと言いたげに眉をひそめて、通行人がよけていく。この俺が、人恋しかったのだろうか。いくら青山にしつこく誘われたからって、あんなコンパに顔を出すなんて、間抜けな話だ。東京で一人暮らしを始めて半年以上経《た》っても、ろくにホームシックにもならなかったくせに。

逃げてる？

思う存分、小説を書けるようになっただけだ。出版社に原稿を持ち込んで、幾らか見込みがあると言われて、雑誌に載せてもらえるようにもなった。

逃げている？　そんな風に言われる覚えはない。ただ好きなことに打ち込んでいるだけだ。打ち込めるようになったんだ。

子どもの頃から水泳を習わされて、北海道《ほっかいどう》代表にまで選ばれるようになったが、意志で目指したというよりは、両親を満足させるために自我もなくやっていただけのことだ。「響生は勉強も水泳もよくできるね」が母親の口癖《くちぐせ》だった。父は函館の造船会社に勤める、ごく平均的家庭だった。

　両親は自分が小説を書いていることなど知らなかったのではないだろうか。

　水の中が好きだった。ぼわぼわ歪《ゆが》んだ音を聞いているときだけが孤独になれた。

　別に「いい子」であることを強要されたわけではない。しかし無言のプレッシャーは感じていた。神経過敏な母親で、汚れたものやいかがわしいものを過剰《かじょう》なくらい嫌っていた。「私はあなたのすべてをわかっているのよ」という根拠のない自信が目に見えない膜《まく》になって響生の生活を覆《おお》っていて、わけのわからない息苦しさを感じていた。「あなたが成功することが私の成功なの」「あなたは私の作品なの。あなたを誉《ほ》められることが私を誉められることなの」……そう言われているような息苦しさが、函館の家には満ちていた。

　父親は、呆《あき》れるくらい外面《そとづら》がよかったが、家族に対しては寡黙《かもく》な人間で、対話というやつがほとんど無く、何を考えているのかよくわからない。家族に無関心なのかと思うと、突然首を突っ込んできて、ひとの進路のことをああしろこうしろ引っかき回し、親の背中を見れば語り合わなくても全部通じると言いたげな、時代錯誤《さくご》の説得力のなさに反発して、高校時代はほとんど口もきかなかった。

　しかしその程度の不満や反発なら、どの家でもあることだ。自分だけを特別不幸と思ってひねくれるほど愚《おろ》かではないし、離れて距離を置いてみれば平和な家庭だったと思え、多少の歪《いびつ》さはどこにでもあるものだとして、むしろ不自由なく暮らしてこれたことを、親には感謝している。

ただ家というものは多分、容量が決まっているのだろう。姉と両親と四人。一緒に暮らすには箱が窮屈《きゅうくつ》になりすぎてしまった時、人は出ていくようにできているに違いない。大学進学ということもあったが、自分はただ、自然に家から押し出されて函館を出たのだと思う。

逃げていると言われたことは心外だった。人付き合いはもともと好きではなかったし（多分神経の磨《す》り減《へ》り具合が人より甚《はなは》だしいのだ）長いスイミング時代の人間関係には少々うんざりしていた。そのストレスを小説にぶつけて解消していたくらいだから、しがらみから逃れて羽を伸ばしている今はせいせいしたものだ。それを逃げている？

奥田一聖と言ったか。芝居をやる人間は、これだからいやなんだ。

クラスメイトの青山千冬も、大したお節介焼きだ。要領よくやることが、万人にとって為《ため》になるとでも言いたいのか。親切心なんだろうが、鬱陶《うっとう》しいのだ。やれこのゼミをとれ、やれこうすると成績があがる、うるさいことこの上ない。

まあ、無視すればいいのに、こんなコンパにノコノコついてくる自分も自分だ。東京に来て人恋しいなんて、思ったことはなかったのにな。

人付き合いが悪いことで、他人に文句を言われる筋合いはない。薄情？　俺は俺がやりたいようにやっているだけだ。人の輪の中にいると息苦しくなるから、なるたけ入らないようにし

8-20

ているだけだ。人に喋《しゃべ》らせる方が楽だと思うのは、言葉で自分が表現できないコンプレックスに触れずに済むからだ。気がつけば、お喋りな友人ばかり選んでしまうのは、そのせいだろう。逆に自己顕示《じこけんじ》の強い人間には、俺のような聞き役が都合いいんだろう。そうして相手の顕示欲にげんなり疲れているのだから、救いがない。

できるだけ、劣等感やコンプレックスに抵触させずに済ませたい。そう思うこれが、「逃げている」なのだろうか。楽な道を選んでいる？　そんなことは俺の勝手だろう。

大勢の輪の中にいると、やけに惨《みじ》めな気分になることがある。そういう気分になるのが嫌で、俺は人の輪を避ける。この惨めさの理由がなんだか、そういえば、俺は考えたことがあっただろうか？

新宿東口の横断歩道は、信号待ちの人々で溢れていた。高架橋《こうかきょう》の向こうの超高層ビルの明かりはもう半分ほどに減っていた。電光掲示板が暖かな東京の冬を数値で伝える。このまま人の溢れる地下には潜りたくなくて、響生は回れ右すると、意味もなく靖国《やすくに》通りのほうへと歩き出した。

雪がうっすらと、中央分離帯の植木を白く染めている。

人の輪の中で、どんなに惨めな気分になっても、俺には小説という引きこもる場所があった。雑誌で認められたことは、引きこもることを正しいと言われたようなもので、それが「逃げている」のだろうか。

馬鹿野郎。

と響生はひとりごちる。引きこもる場所なもんか。そこは夢を叶《かな》える場所だ。小説書いて食っていけるという夢を。

やっと踏み出せたんだ。夢に。

俺が俺である生き方を、実現できるように。

俺は孤独でいい。孤独がいい。皆で力を合わせてひとつのものを創りましょう、なんてスローガンに別に魅力は感じない。同じ自己満足なら独りでやるさ。芝居なんて。勝手にやってやがれ。

おまえらなんて、内輪で群れてやがれ。

＊

世間知らずのくせに、プライドだけは傷つけられたくない。連城響生という奴は多分そんな男なのだ。

響生の第二作目が載った雑誌を、大学生協の本屋で立ち読みして、奥田はつくづくそう感じた。

この歳の自尊心なんてものは、遅かれ早かれ、揉《も》まれて傷だらけになってしまうもんだ、と奥田は常々思っている。ダウン寸前でフラフラになって、もうカンベンしてよ、と思った頃、やっと幾らか根拠のある物差しを手に入れていくんだろう。人の物差しを当てられるのにビビって、過敏性になり、アレルギーを恐れて純粋培養《ばいよう》の檻《おり》から出ていけない。

それが響生の文章だった。

奥田は響生に、傷つくのが怖い、怖い、なんて、念仏みたいに言っている連中の代弁者には、なってほしくないのだ。だって、彼の小説はそればかり訴えている。傷もないツルツルの魂《たましい》を守ろうと、人との関わりを避けて通る彼が、奥田には歯がゆい。

初めて響生と口をきいたときから、もう三月《みつき》経ったが、響生とは「著者と読者」以上のお近づきになることはなく、時折、行き帰りの電車や学食で見かけることはあっても、声はかけなかった。ただその背中に思うことは、

——ああ、芝居をみせてえなぁ。

おまえはさ、群れてる奴らの主体性のなさが気に入らないんだろうが、そうじゃねえんだよ。芝居ってヤツはさ。そんなナアナアでできるもんじゃねえんだよ。

おまえが怖がってるのは、そういうことじゃねえんじゃねえのかな。

奥田は響生の小説に向かって語りかけるのだ。

芝居やれよ。おまえさんが怖がって纏《まと》ってる薄っぺらな殻なんか、一発で砕かれるよ。語るべきものを持たない貧弱な魂なんか、嫌でも剥き出しにされちまうんだよ。俺がそうだった。

別に高いとこから見下ろして言ってるわけじゃない。俺の顔に水ぶっかけたおまえの癇《かん》の強そうな眼が気に入った。こいつと喧嘩《けんか》してみてえ。芝居通してやってみてえ。そう思ったんだ。

きっと刺激的だ。おまえの殻から魂を絞り出してやったら、どんなに刺激的なものが出てくるだろう。

俺たち二人は、ひょっとしたら、榛原憂月を超えちまうかもしれねえよ！

とささやかな野望を抱きながら、今日もバイトで劇場に赴《おもむ》く。少しでも現場に関わっていたくて、始めたバイトは、舞台照明や音響、それらのセッティングを請け負う会社だった。

「二番バトンとびまーす！」

「ゼラ変えしなくても大丈夫だと思いますよ。光量調節でやってみましょう」

「おい奥田！　介錯棒《かいしゃくぼう》どこもってった！」

現場はバイトだからって、バイト扱いなんかはしてくれない。一人前であるのが前提だから、学生気分でうろちょろできる職場ではない。「馬鹿野郎！　なにしてやがる！」と怒鳴られるのは当たり前。口でわからなければ鉄拳《てっけん》が飛ぶ。なにせ小さなミスが大事故につながるのが舞台だ。作業する側も舞台に立つ側も、絶対に事故を起こすまいとすれば、嫌でも厳しくなるし、辛辣《しんらつ》にもなる。時間制限と正確さと安全を同居させねばならない現場だ。一年もたって、最近やっとわかってきた。「学生なんかがこんなとこでうろちょろしてんじゃねえよ」と怒鳴られて逆ギレしているうちは、目先しか見えてないのだ。舞台機構というヤツは、そもそもが危険なのである。危険な現場に身を置く者の責任の重さがわかってきた頃、やっと技術のない奴のプライドなんか、なにほどのものではなかったと知る。

　まあ、みっともない話、そこまで辿《たど》り着《つ》くために、どれほど逆ギレを繰り返したか、わからないのだが……。

「奥田ちゃん。なんで学生なんかやってんのよ。学校なんかやめて、うちに入社しなよ」

　と親方によく声をかけられるのだが、確かに最近自分でも、なんで演劇をやるために大学に(しかもなぜ経済学部なんぞに)入らねばならなかったのか、よくわからなくなるのである。

「あっ。俺、自分の劇団造りたいんスよ。役者やって、演出やって、芝居も書く……」

「だったら別に大学じゃなくてもいいじゃない」

「まあ……そうスね……」

　奥田が影響を受けた八〇年代演劇のストリームが、大学演劇から多く出てきたせいか、自分も当然進学せねばならないと思いこんでいて、養成所等の選択肢が頭になかった。それに、あの榛原だって、大学演劇から出てきている……。

　そんな或る日のことだった。千秋楽《せんしゅうらく》を迎えた舞台のバラシ作業を終えて帰ろうとしていた奥田たちは、楽屋口で思いがけない人物とすれ違った。

「おい。今の、藤崎晃一じゃないか」

「え」

振り返った奥田は、思わず「あーっ！」と大声をあげそうになり、慌てて口を塞《ふさ》いだ。

本物だった。

あの榛原憂月たちの演劇結社〈彷徨《さまよ》う三日月〉の面々が劇場の下見に来たらしい。そう、榛原たちの『メデュウサ』東京公演の舞台は、ここ下北沢《しもきたざわ》だったのだ。

「げえっ！」

と照明担当のひとりがだしぬけに興奮した声をあげた。

「おおおおい、ハイバラだよ、あれが榛原憂月だよ！」

たまたま顔を知る仲間がいたおかげで、奥田は時の人を目撃することになった。劇場支配人と話をしている、藤崎の傍《かたわ》らに立つ黒シャツの男だ。細身で、ウェーブがかった襟足《えりあし》の長い黒髪の、浅黒い肌をした鋭い眼差《まなざ》しの男……。

あれが榛原憂月かよ……！

奥田もガラにもなく興奮した。写真ですら見たことがなかった。あれがハイバラか。日本の演劇界で今最も注目を浴びる、飛ぶ鳥も落とす勢いの新進演出家。その言葉と演出は、劇場中に熱風を巻き起こすという……！

「たっはー。すげ。存在感つーか、オーラが違うな」

「あんな若いとはな」

スタッフは遠巻きに榛原たちを見て、各々《おのおの》感嘆の溜息《ためいき》をついている。上手《かみて》の袖《そで》で、舞台機構の説明を受ける榛原たちを眺め、奥田はといえば、だんだん面白くなってきた。

「あれが現代の天才か……」

これだから演劇はやめられない。舞台に携《たずさ》わっていれば、こうやって遠い才能も目の前に見ることができる。生きている才能が喋り、動き、創り出す様をナマで目撃できるのだ。

生身の榛原憂月には、俗世間の匂《にお》いがなかった。どこか超然とした涼しい眼差しをして舞台を見つめている。存在自体に強いエネルギーを感じる。たとえ名を知らずとも、一目でただ者ではないとわかる男だ。

榛原憂月は大きな津波だった。波にのっかってやり過ごすことができる船はいいが、あおられてまともに転覆《てんぷく》させられる船もあるだろう。

そしてその津波は、連城響生のすぐそばまで、迫りつつあったのだ。

＊

地味ではあるが、堅実な筆致《ひっち》で味のある作品。将来は歴史小説などで、よいものを書いていくのではないだろうか。

それが当時の連城響生に対する大方の評価だった。時代を塗り替えるようなインパクトこそなかったが、十九歳という年齢とは不釣り合いなほどの落ち着いた文体で、淡々と物事を描写する。古い連中が新人に期待しがちな「驚嘆すべき才能」という看板は、響生には不似合いだが、作品から滲《にじ》み出《で》る瑞々《みずみず》しい感性を、評価するものは少なくなかった。

――しかし、小さくまとまってしまうのが気になるね。

編集部の人間に呼び出されるたび、響生はそんなことを言われた。新宿東口にある、業界人がよく利用するという老舗《しにせ》喫茶店の片隅で、原稿を読み終えた編集者に響生はまた同じことを言われた。

「いいものはあるんだけど、殻が破れていないというか……」

煙草《たばこ》の煙が染みついたブカブカする椅子《いす》に腰掛けて、響生は両拳《りょうこぶし》を膝《ひざ》に置いたまま、寸評を待っていたのだが……。

「殻って、具体的にどういうことですか。僕の作品のどのあたりが殻をかぶってるんですか」

「どのあたりっていうか、全体なんだよね。この淡々としてるのが味なんだけど、これだけじゃやっぱ物足りないんだよね。ま、古い人はこういうの好きかもしれないけど」

「新鮮さがないってことですか」

「うー……ん、このなんつーか、古風なとこが新鮮っていえば新鮮なんだけど」

と煮え切らないことを言って、中年編集者は首をひねる。

「ほら。殻っていうか、皮が剝《む》けてないと、思いっきりイケないみたいなとこあるじゃない。

あ、僕は違うよ、違うけど」

　と下品な例《たと》えを言って大声で笑う。なんだ、それは。響生は憤慨《ふんがい》した。俺の小説は包茎《ほうけい》小説だとでも言いたいのか。

「このまま堅実にというのも悪くないんだけど、もう少しアピールの強さが欲しいね……」

　帰りの中央《ちゅうおう》線に揺られながら、響生は自分の個性の弱さを指摘されたようで、胸がもやもやしてきてしまった。派手なことが嫌いなのは性分だし、今時の若者が好みそうな新しくそして鋭く研《と》ぎ澄《す》まされた感性なんてものとは縁遠いことも充分承知している。有《あ》り体《てい》に言えば古風で地味な人間だ。かといって、浮かれた流行物《はやりもの》を見ても心が動かない、魅力を感じない、刺激を感じない。これが殻だと言われたら、自分にはどうしようもない。

「だから、いろいろ見てみりゃいいんだよ」

　と忠告をしてくるのは、入学してから一通りの遊びは覚えたクラスメイトたちだ。

「おまえ、名前が派手なくせに、ホントに地味好みなんだから。そんな寺巡りだか、古墳《こふん》巡りだかしてないでさ、もっといろいろやってみりゃいいのよ。合コンやって、スキーだのスキューバだの車だの」

「免許は函館でとった」

「なら車買っちゃえよ。頭金ぐらいスネかじってもいいんじゃん。今時、車もないと彼女もできねーよー」

函館ならともかく、この交通機関が発達しまくった東京で、自分の車など必要ない。第一、アパートには置き場所もない、と主張したら一笑に付された。

「カタッ。カタいなあ。ベストセラー作家目指すなら、とりあえず恋愛しとけ。恋愛。彼女とヤることとヤって。それからでしょ」

お説教なのか自慢なのか、この手の余計なお世話が嫌で、人付き合いも最少限になってしまった響生だ。だがそんな響生にも味方がひとりだけ、いた。

「うるーせーな。大きなお世話なんだよッ。女とヤることしか考えてねーてめーらに、連城の性分がわかってたまっかよ」

青山千冬だ。あの「全国大会二位の」である。しかしこの男もお節介焼きぶりでは、響生を閉口させることもしばしばで、「全幅《ぜんぷく》の信頼を置く友人」というにはほど遠かったが、他の学生どもよりは、いくらか響生に近い人種と言えた。

「俺はさ、おまえの小説、いいと思ってるよ。好みとは違うけど、作品的にいいか悪いかはわかるもんだよ」

休講でできた空き時間を、学内の庭で過ごした青山と響生は、空いた小腹《こばら》をフライドポテトで埋めながら、お互いを語り合った。

「でもなあ、その編集さんとやらの話も一理あるかもな。おまえの書くの、やっぱ地味じゃん。それになんてーかな、よそゆきな顔で書いてる気がすんだよな……」

「よそゆきな顔」

「品がおヨロシくてインテリ好み？　みたいな。胸の奥からこみあげてきた文章って感じがしないんだよな。うまいんだけどさ。ココまで来てないんだよ」

と青山は芝生に寝ッ転がりながら、親指で胸を差し、

「もっとこう骨まで晒《さら》け出すっつーか、魂鷲掴《わしづか》みにするぐらいの作品って、不細工な言葉でも観る側呑《の》んじまうんだよな。こう、でかい渦《うず》にガアッと呑み込まれるんだよ、すげえ興奮しちゃってさ、身を任せます〜ってカンジ？」

どうも青山の念頭には誰かの作品があるようで、響生はそれと比べられている。しかも青山の語りはみるみる熱くなって、どんどん横道に逸《そ》れていくようだ。

「とにかくすげーんだよ。戯曲も演出もさ、どっからこんなきれいな言葉が出てくんだろーって思ったら、次の瞬間、息が止まるような光景が舞台に広がってる。わーこれナンダって思った瞬間、胸衝《つ》くような一言が役者の口からポロと出て、気がついたら滂沱《ぼうだ》の涙よ。すげーのよ」

「一体、誰の話をしてるんだ？」

「榛原憂月だよ」

響生はポテトをかじった口で、問い返した。

「榛原憂月？」

「劇作家で演出家。名前くらい聞いたことあんだろ」

あることは、あった。雑誌などを見ていると時折出くわす名前だ。字面《じづら》といい、名前の響きといい、大正《たいしょう》時代か昭和《しょうわ》初期の文人みたいな名前だなと思ったものだ。演劇などにはさっぱり縁がないから、詳しいことは知らないが、なんでも今小劇場系でブレイク中の若手演出家兼劇作家。デビューしたのも昨年だか一昨年だかで、メジャーシーンにはまだまだ出たての感があるが、若手演劇の世界ではすでにカリスマ的人気を誇る男であるらしい。

「なんたってスゲーのは、役者経験も劇団経験もないくせに、いきなり初演出したヤツが全国区で大ブレイクだろ。本物の天才なんだよ、天才！」

と聞いても響生は冷めていて、青山が「天才」を連発しても、なんだか白けた気分だ。

「おまえも一度観に行けって。今度の夏、東京で『メデュウサ』再演すんだと。チャンスだから。ぜってー刺激受けるって」

「芝居には興味ない」

「騙《だま》されたと思って行ってみ！　生半可《なまはんか》じゃないって」

かくいう青山は、榛原からどっぷり影響を受けたらしい。全国二位の演出も、実は榛原憂月の影響がたっぷり出たものだった。当時は榛原憂月も出たてで、高校演劇の世界まではまだまだ浸透していなかった頃だから、何も知らない審査員はさぞかし驚嘆《きょうたん》しただろう。榛原の影響を多大に受けた青山の演出を、そうとは知らず高く評価して、ついにはプロ劇団からスカウトまで来させたほどだった。

「まあ、要するにさ、新しく出てきた才能は、すぐにチェックしろってこと。おかげで二位だもんな」

と青山は「ハイバラ」式演出で賞をとったことにも悪びれない。

「勿論《もちろん》ちょびっと恩は感じてるさ。でも好きなんだからしょーがないじゃん。俺らと四つしか違わないいんだぜ、ハイバラって。俺もそのうち自分で台本書いて、演出すんだ」

「ふーん……」

青山が熱くなればなるほど、冷めていくのが響生である。どっちにしても、自分には関係ない世界だ。

「関係なくないだろ、戯曲は立派なブンガクじゃねーの？」

「今時、文学も文壇《ぶんだん》もないだろ。戯曲にも興味はない」

「そんなことねーよ。榛原憂月観たら、絶対興味湧《わ》くって」

「湧かない」

とにべもなく言って、響生は背を向けるように芝生に寝転がった。

「言ったろ。俺は芝居やってるヤツらには馴染《なじ》めないし好きでもない」

「こないだのコンパでほっぽったことか？　だから謝るって」

「しつこいヤツは嫌いだ」

「そう言うなよ。あーあ、おまえの小説もハイバラみたいだったらいいのに」

肩越しに響生が物凄《ものすご》い勢いで睨《にら》み付けてきた。が青山は気づかない様子で、

「そうだよ、おまえに足りないのはハイバラなんだよなぁ。ああいうマッドさがないんだよな。魂のたぎりってゆーか、ぶっ飛び加減つーか、おおっこんなことやっちゃう、みたいな反則スレスレの勢いがなー……。おまえのって、どうしても安全な道歩いてるカンジがすんだよなー……」

言い終わらないうちに、響生が荷物を持って立ち上がっていた。

「あ、おい。帰んのかよ。五限は」

「出ない」

と言ってすたすたと歩き出す。

プライドを傷つけられたと響生は思った。猛烈に腹が立った証拠に「本忘れてるぞ！」と追いかけてくる青山の声も聞こえていたが無視して振り返らなかった。

駆け出しの新人にもプライドはある。無神経もいいところだ。「榛原みたいだったらいいのに」だと？「榛原が足りない」だと？ひとの個性をなんだと思ってるんだ。他人の作品を引き合いに出したり、安易に比較されたりするのは一番腹が立つことだと、何かを発表する人間なら誰だって多少は理解しているはずだろう？「榛原みたいだったらいい」だと？　ふざけるな！　おかげで榛原憂月とやらの印象は、一気に地に堕《お》ちた。

響生にも意地がある。そうまで言われたら、絶対観るものか。榛原憂月の舞台など。何が足りなくても俺は俺だ。俺の個性だけでなんとかするし、世間からもてはやされている、うさんくさい「天才」なんかから教えられるものは何もない。そんなヤツをありがたがっている連中と、一緒にされてたまるもんか。

榛原憂月なんて、俺は絶対観ない。

だが、評判とか人気だとかいうものは、いやがおうにも周辺を染めていくものであるらしい。榛原憂月の名はじわじわと、次第に響生の足元にも及びつつあった。

「どうだね。連城くん。榛原憂月の芝居は観に行ったかね」

と出版社の編集長にまで問われる始末だ。

「同じ時代の作家なら、あれは一度観ておいたほうがいいよ。文章書きなら、きっと刺激受けると思うよ」

アルバイト先の模試添削《もしてんさく》作業の仕事場でも、隣のグループの学生たちが、

「ハイバラユウゲツのチケットとれたか」

と騒いでいる。青山千冬からは勿論《もちろん》誘われたが、断った。とどめがこの男だ。

「よう」

帰りの駅のホームで電車を待っていた響生に声をかけてきたのは、いつぞやの第II劇研の男――。

「奥田一聖だ」

と自分から名乗る。交流会で水をぶっかけたあの男だ。しかし別に怒っている様子もなく、黒髪をつっ立てた男はデイパックを右肩に担ぎながら、爽《さわ》やかな調子で、

「こないだの春公演、とうとう観に来てくれなかったな。待ってたのに」

「忙しいんだ」

「原稿書きでか」

「ゼミの課題がたまってる。それに芝居には興味ない」

ホームには初夏の風が吹いていた。駅の向かいの土手の桜は新緑真っ盛りで、初々《ういうい》しい緑が日差しを浴びて眩《まぶ》しかった。早々と半袖Tシャツを着ている奥田は、爽やかな笑顔を浮かべて、無愛想《ぶあいそう》な学生作家に近寄ってくる。

「四作目、雑誌に載ってたな。順調じゃないか。おめでとう」

「読んでるのか」

「ああ」

響生は居心地が悪くなってきた。青山千冬とは別の意味で、苦手な男だ。この男にはわけもなく心の中を見透かされている気がする。そしてきっとこう言うんだろう。「印象が弱い」「淡泊だ」「殻をかぶっている」……。

「おまえ、動物好きだろ」

意表をつかれて、響生は思わず「え？」と目を丸くしてしまった。奥田はバインダーに挟んである写真を一枚取り出し、

「これ、うちの実家の猫。風太郎《ふうたろう》」

「は？」

「美人だろ」

写真に写っているのは、ほっそりした顔の毛並みのいい三毛猫だ。響生は突き返し、

「動物なんか好きじゃない」

「嘘《うそ》つけ。昔飼ってたけど、死なれてから飼うのがつらくなったクチだ。違うか」

なんだ、この男は。プロファイリングでもしているつもりか。

「普段はこんなに無愛想なくせに、文章じゃ嘘つけないのな。猫の描写が他の描写と全然違うんだよ。生き生きしてて、もーコイツ可愛《かわい》くて仕方ねえってのが溢《あふ》れまくり」

思い出した。第四作目の小説で、主人公の老人が飼う猫のことだ。なんてことはなかった。話中に飼い猫が死ぬエピソードがあっただけのことだ。響生は内心やや安堵《あんど》して、再びきつい表情に戻ると、

「拍子抜けだな。そんなもんが感想か」

「一見淡々としてっから騙《だま》されるが、下手《へた》に手ぇ突っ込むと火傷《やけど》する」

響生は驚いて顔をあげた。下りホームに電車が大きな音をあげて滑り込んできたが、舞台で

鍛《きた》えた奥田の声はかき消されることはなかった。

「人畜《じんちく》無害なツラして、懐《ふところ》にドス隠してやがる。そういう文章だ」

ドアが開いて乗客が降りてきた後も、響生は乗り込むことができなかった。

そんなことを言われたのは、初めてだったのだ。

「……淡泊そうなツラしてるが本当はすげーヤバイ奴だ。そうだろ」

奥田は四作目にして読みとったのである。

物語は、夏。川に戻ってくるボウズハゼを待つ老人と若者の話だった。岩にへばりついて滝を登るハゼの滑稽《こっけい》さを笑う若者が、ハゼの不屈を愛する老人の人生に触れて、自《みずか》らの虚《うつ》ろさに気づく。若者は、希望を求めて夜中の川にハゼを見に行き、滝に墜ちて死んでしまう、というストーリー。

軽快な発車チャイムが鳴り響く。下り電車のドアが閉まった。響生はとうとう乗り込めなかった。同じ作品を読んでの青山千冬の感想は「淡泊すぎて物足りない」というといつもの一言だけだった。しかし奥田は確かに、別のものを読みとっていたらしい。

「よくわからない感想だな」

「滝壺《たきつぼ》に墜ちた若者の心理描写が尋常《じんじょう》じゃなかった。ほんの三行だ。あの三行は、人間を殺すよ」

響生にも、言われた意味がよくわからない。自覚なしかよ、と奥田は頭をかいた。

「あーあ。こんなにひねた奴なのに書くもんは一見ハートウォーミングなアレだもんな。騙されもするって。おまえ、売れても露出しないほうがいいぞ。こんなヤな奴だとわかったら、百年の恋も冷めるってもんだ」

「変な奴……」

「こっちの台詞《せりふ》だろ」

ベンチに腰をおろし、奥田は缶ジュースを開けた。響生は不思議そうに見下ろし、

「あんたも榛原憂月観ろとか言わないのか」

奥田は意外そうに見上げた。

「へえ。芝居に興味ない奴が、榛原憂月の名前だけは知ってるんだ」

「あんたも観たの？」

「一度だけな。面白かったけど、俺がやりたい芝居とは方向が違《ちが》うからな」

観に行くのか？　と問われて響生は黙った。周りがあまりに薦《すす》めるものだから、天邪鬼《あまのじゃく》を起こしているが、いけすかない存在だと思いながらも、気になって仕方がない。気になるなら行ってくれれば、と本来なら奥田も言うところだが、なんとなく背中を押す気にならなかったのは、この時もう、響生の中に、榛原憂月とは危険な化学反応を起こしそうな匂いを嗅《か》ぎ取っていたからかもしれない。

「……気が向いたらでいいんじゃない。無理して観なくても。勉強じゃないんだしさ」

「ああ」

反対側ホームに上り電車が入ってきた。奥田は飲みかけのジュースを響生に押しつけ、じゃあ、と電車に飛び乗った。これからまた仕込みのバイトだ。ホームを離れる電車の車窓から見た響生の表情が、奥田の目にはどことなく心細く見えた。

あの世間知らずでプライドだけは高い無名の新人作家が、榛原憂月の巻き起こした渦に、自ら巻き込まれていこうとは、このとき誰が予想できただろう。

風が強くなってきた。

第二章

榛原憂月《はいばらゆうげつ》の舞台とは、火種なのだ。

ある種の性質持ちはたちどころに引火する。「目くるめく背徳感《はいとく》」「暗い歓喜と恍惚《こうこつ》を知りたいなら、ハイバラを観《み》ろ」とはこの時代の合い言葉だった。

榛原にタブーはない。デビュー作の『メデュウサ』からして母子相姦《ぼしそうかん》・父子相姦・不倫・SM・同性愛……なんでもありだ。一見、常人にはついていけない世界でも、一度足を引きずり込まれると抜け出せないのが榛原の怖いところで、抑圧《よくあつ》された欲望の扉を開き、モラルの壁を崩し、観る者が日常生活で抱く矮小《わいしょう》感や劣等感・不全感をマゾヒズムの如《ごと》く舞台にさらけだしたかと思うと全能感の幻に酔わせ、心の恥部《ちぶ》をこじ開けては言葉で責め抜き、いつしか恍惚感に昇華《しょうか》させて、観客に言いしれぬ解放感を味わわせるという。

だから榛原には嫌悪感や拒否感を示すものも少なくない。

大した倒錯者《とうさくしゃ》なのだとの噂《うわさ》も立ったが、本人は否定もしなければ肯定もしなかったという。

「人間を解放するのが演劇だ」という一言のみを言い放った。

ハイバラの舞台を観る前と後で、別人のようになってしまった者も少なくないという。日常生活の共感ではなく根底を揺さぶるので、見知らぬ自分を開発されるのだという。ある意味危険な破壊者だ。だが榛原は、

――この程度の「なんでもあり」は、ギリシア悲劇の時代でとうに全《すべ》てやっている。

と驕《おご》る気配がない。

そして、七月。猛暑の到来と共に『メデュウサ』の東京公演が幕を開けた。

響生《ひびき》はそもそも観に行くつもりはなかった。誰が観にいくか、あんなもの。第一、前売チケットは完売しているし、当日券は朝から（下手《へた》すると徹夜で）長蛇《ちょうだ》の列だという。

それでもなんとなく気にはなり、意味もなく下北沢《しもきたざわ》界隈《かいわい》をふらついたりして、劇場の前に興奮した若者がたむろっているのを見かけたりすると、それがかえって近づけない理由になった。

俺は何をしてるんだ、と我《われ》にかえって、そそくさと引き返しつつも、後ろ髪をひかれる。あの箱の中で一体どんな世界が繰り広げられているというのだろう。

だが覗《のぞ》きこむのが怖くもあった。いかがわしい見せ物小屋の幕の隙間《すきま》から、怖々《こわごわ》と窺《うかが》う子供のような心境だ。熱狂し陶酔《とうすい》している人間の群れには、飛び込んでしまえばなんてことはないのだろうが、軽やかに足を踏み出すには、響生は人よりその「一歩」が重たい若者なのである。

「おい、連城じゃないか。こんなとこでなにやってんだよ」

下北沢の駅前で青山《あおやま》千冬《ちふゆ》に見つかったときは、心臓が潰れるかと思った。

「もしかして、おまえも『メデュウサ』観に来たのか。やっと見る気になったかっ」

「なんのことだ。買い物に来ただけだ」

慌てて仏頂面《ぶっちょうづら》になり取り繕《つくろ》ったが、心の内を読まれたのではないかと気が気ではなかった。

幸い千冬は急いでいて、

「なぁんだ。俺これからなんだよ。開演まであと五分しかないんだ。わりっ、また今度な」

走り去る千冬の目は異様に煮えていて、ちょっと常軌《じょうき》を逸していた。胸を撫で下ろした響生だが、あのいやに熱っぽい目が五分後映すものへ、どうしようもなく興味をひかれた。

観たいわけじゃない。むしろ観たくない。気持ちは拒絶しているくせに、頭の中はそれでいっぱいなのだ。あんなに皆を引きずり込む『メデュウサ』とは何なのだろう。毛嫌いしているくせに気になる自分をもてあまして、また街をうろつく。俺はなにをやってるんだ。

意地もある。反発もある。でもそれだけではない。響生にはわかっていた。あいつらの周辺にはアレの気配がする。アレに喰われる気配が。いや、絶対そんなことはないだろうが、万一そうなったらどうする。消耗するからイヤなんだ、アレは。自分が止められなくなって、別人になってしまいそうで、きっとわけのわからない自己嫌悪に陥《おち》る。いつかの編集者の言葉を思い出して、俺の感受性は確かに皮をかぶっているんだろうと思った。いつも本当の自分を厚い皮で守っているせいで、刺激に慣れていないから、いざ触れられると弱い刺激でも敏感に反応してしまう。強い刺激なんてもっての他で、耐える前に壊れそうだ。

繊細などというわけではないが、「凄《すご》い」「凄い」と周りが言うほど、逃げ腰になってしまうのは、そのせいだ。

しかし、二の足を踏む臆病者に、運命はとうとう引導を渡すのである。


きっかけは、思いがけないところからやってきた。

酷暑の夕暮れ時だった。その日もまた、熱に呼ばれる蛾《が》のように、目的なしに下北沢へ来てしまった響生はまたしても劇場前を何往復もした挙句《あげく》、疲れ果てて所在なく南口の駅前広場に座り込んでいたのだが――。

「あんた、この間も来てたでしょう」

とだしぬけに声をかけられた。

顔を上げると、ポロシャツ姿の見知らぬ男が立っていた。響生より五、六歳は年上と見える、あばた面《づら》の男だ。学生というには薹《とう》が立っていて、どことなく芝居か何かは知らないが創作活動に携《たずさ》わっている雰囲気《ふんいき》があった。しかし怪《あや》しげなキャッチセールスかもしれないと思い直して、無視しようとした響生の鼻先に、

「これ」

と差し出してきたのは一枚のチケットだ。見るとはなしに横目で見て、えっと思った。さらに覗き込んでみて驚いた。これは……っ。

明日の『メデュウサ』のチケットではないか。

間違いない。明日の〈夜の部《ソワレ》〉のチケットだ。

「君にあげる」

「え」

「僕にはもう必要なくなったから」

突然のことで、どう反応していいのかわからなかった。『メデュウサ』のチケットを譲《ゆず》ってくれるつもりらしい。

「あの……でも俺、今日、持ち合わせが」

「お金はいいよ。もらってやって」

見ず知らずの自分に入手困難のチケットを、ただでくれるというのだ。「ほら」と言うようにポロシャツの男は響生の胸に押しつける。手の甲に大きなほくろのある毛深い手が、チケットを押しつけている。響生はちょっと信じられない思いのまま、恐る恐る手に取った。

男の顔を見上げて、響生は妙な不自然さを感じた。青白い無表情に、やけに整理がついたような諦《あきら》めの気配を感じ取ったからだ。

「観に行かないんですか」

「僕はもういい。もうわかった」

男は青白い顔にかすかに笑みを浮かべ、

「君、こないだから上演時間になると劇場の周りをうろうろしてたろ……。迷ってるなら、一度経験してごらん。経験だよ」

それだけ言い残して、あばた面の男は雑踏《ざっとう》の中に消えていった。響生は呆然《ぼうぜん》としていた。まだちょっと信じられなかった。

細長い紙面に印刷されたチケット販売会社のロゴの上にくっきりと『メデュウサ』の五文字が入っている。「作・演出　榛原憂月」、明日の日付、席番E列8番。紛《まぎ》れもなく本物のチケットだ。

『メデュウサ』のチケットが手に入ってしまった……。

不意打ちのような出来事で何が何だかわからなかった。頭が真っ白になったまま、チケットと睨《にら》めっこしているうちに心臓がドックドックと鳴り出した。明日、観れる。観れてしまう。どうしよう、榛原憂月の舞台が……ッ。

チケットを掌《てのひら》で二つ折りにして尻《しり》ポケットにねじ込んだ。動揺している自分がみっともなくてわけもなく歩き出した。あれだけ意地を張って「観ない」と決めたはずなのに。たかが一枚のチケットなのに、なんだ、このやたら激しい動悸《どうき》は！

下北沢の夜祭りのような雑踏の中を、動揺を抑えるため響生は歩いた。ひたすら歩いた。チケットを入れた尻の辺りが熱かった。……どうしたものだろう。榛原憂月への橋はかかってしまった。状況のせいに出来なくなった。渡るか否かは、あとはもう、自分の胸三寸となってしまった。

門は開いたのだ。

それにしても今の男、響生が何度も来ていたのを知っているということは、彼も『メデュウサ』に通っていたのだろうか。「もうわかった」とは何がわかったのだろう。充分堪能《たんのう》したという意味だろうか。

街の中を何周もして、ふとさっきから鳴っていた救急車のサイレンが少し先で止まったのに気づき、我に返った。曲がり角の先のブロック塀《べい》が赤色灯を映している。野次馬《やじうま》がたまっている。パトカーが停まっている。この先の茶沢《ちゃざわ》通りで交通事故があったらしい。

通りかかった響生の耳に、野次馬の声が飛び込んでくる。誰かが車に撥《は》ねられたらしい。何の気もなく人だかりのあたりを横目で覗くと、今まさに怪我人《けがにん》がストレッチャーで運ばれようとするところだった。血塗《ちまみ》れの腕が目に飛び込んできて、一瞬ゾッとしたが、その腕の特徴が唐突《とうとつ》に響生の記憶をひっかいた。

手首にはめたデジタル腕時計に見覚えがあった。手の甲の大きなほくろにも。

あれは。

ついさっき俺にチケットを渡した手……。

響生は目を剝《む》いた。俺にチケットをくれた、さっきの男じゃないか！

思わず野次馬をかき分けて確かめようとしたが、ストレッチャーはすでに救急車に乗せられた後だった。響生の視界を遮《さえぎ》るようにドアが閉まった。サイレンを大きく響かせ、走り去っていく救急車を、響生は見送りながら呆然と立ち尽くすしかない。

「ありゃ歩行者が悪いよ。車来てるのわかってて飛び出すんだもん」

目撃者の囁《ささや》き声を背中に聞きつつ、響生は尻ポケットに思わず手を当てる。

チケットまでも血塗れになっているような気がしてきて、取り出すことができなかった。

＊

眠れない夜だった。

熱帯夜の寝苦しさのせいなのか、それとも榛原憂月を初めて観る興奮のためなのか。

夜中に起きあがって何度もチケットを見た。何度見直しても間違いなく『メデュウサ』のチケットだ。自分にこれをくれた男のことが気になった。

車が来ているとわかって、飛び出した……？　まさかわざとだったんじゃ……。

チケットを渡した時の妙に悟りきった青白い顔が、頭から離れない。まさか、自分から？

あのひとは自殺を図ったとでも？

そんなはずはないと寝転がり、また寝返りを打つ。

——僕にはもう必要なくなったから。

榛原の舞台を観て？　まさか。『メデュウサ』が自死に駆り立てたとでもいうのか。

ありえない。だってなんだかんだ言っても、たかが芝居だろ？　どんなに凄かろうと、ただの芝居なのに、人一人自殺に追い込むなんて。

「……たかが芝居……が……ひとを殺したのか」

ゾッとするものを感じて、慌てて頭から追い払った。とにかく明日だ。観ればきっと謎は解ける。確かめるためにも、俺はあの舞台を観てやろう。

明け方浅い眠りの夢に、昨日の男が出てきた。何か伝えようとしているが声が聞き取れない。ろくに眠れないまま朝を迎え、一日を何も手に着かない状態で過ごし、夕方、アパートのある高円寺《こうえんじ》から下北沢にある劇場に向かった。

一枚のチケットがやけに重かった。まるで昨日の男の命ごと手渡されたような、そんな重さだった。安否《あんぴ》はわからない。事故現場にとりあえず、花束はなかった。

開場の一時間も前から響生は劇場近くの高架下で待っていた。同じ様な若者があちこちにたむろしていた。キャパ四百弱の劇場。当日券を求める若者が列をなしている。彼らの目がやけに爛々《らんらん》としていて、異様だと思った。

なんなんだろう。この熱気は、

ちょっと異常ではないか。

それとも、芝居の開演前とは皆こういうものなんだろうか。

奥田《おくだ》がここにいたなら「それは違う」と首を振るだろう。榛原憂月の舞台は特別なのだ。開演前から、観客に異様な雰囲気がある。興奮して多弁な者、目線がどこか泳いでいる者、男も女もとにかく落ち着きがない。皆、どこか普通の精神状態と違う。悪い秘密宗教の宴《サバト》でもあるような。

チケットもぎりや会場案内のスタッフの顔ぶれも若い。自分とそう歳《とし》も変わらない。招待客と挨拶《あいさつ》を交わしているジャケット姿のいかつい男。目線の配り方といい、落ち着きといい、他のスタッフとはちょっと格が違うようだ。響生は知らなかったが、彼が劇団代表でプロデューサーでもある渡辺奎吾《わたなべけいご》だった。

劇場内に足を踏み入れて、響生はビクリと息を呑《の》んだ。人が首を吊っているのかと思った。舞台に緞帳《どんちょう》は下りていない。人かと思ったものは窓だった。中央に、吊《つ》り物の大きな窓がひとつ、ぽつんとあって、その向こうには血の色のような夕焼け空が広がっている。

絵画の額のような窓だと思った。それが劇中、本当に額となり、照明の変化によって窓にも絵画にもなって響生を驚かすのだが、今はまだシンプルな舞台装置に漲《みなぎ》る張りつめた沈黙に気《け》圧《お》されるばかりだ。窓の前には燭台《しょくだい》が一本。本物の火が灯《とも》っている。

席を探し当てて腰を下ろした響生は、落ち着かなかった。わけもなく緊張していた。まるで競泳のスタート台に立った時の気分だ。昨日の男が放棄した席だ。放棄しなければならない理由が、これから始まる舞台にあるというか。

刻々と開演時間が迫る。ホワイエでは興奮してはしゃいでいた観客も、客席ではうってかわる。突然口数が減って目線が前方に固定される。早くも観客の心が、窓一つの舞台に集中しているのがわかる。響生は逃げ出したくなってきた。

もう後戻りできない。

そういう何かに触れるだろうという予感が、不意に響生を恐怖に駆り立てたのだ。

だが逃亡衝動を断ち切るようにアナウンスが入った。響生はとうとう席に縫《ぬ》いつけられてしまった。上演中の注意事項が淡々と述べられ「間もなく開演いたします」――……その一言の後、満席の劇場から人語が絶えた。

『メデュウサ』が開演する。

心臓が喉《のど》からあふれ出しそうだった。

指先が冷たい。

鼓動《こどう》が隣の席にまで聞こえそうだ。

響生は、五官を目一杯、研ぎ澄ました。

始まる。

榛原憂月の『メデュウサ』が。

なにが起こる。

警戒する獣のように全神経を研ぎ澄ます。

なにが起こる。

どこからか風の音が聞こえ始めた。客電がゆっくりと落ち始め、吊り物の窓の奥の夕焼けも昏《くら》くなっていく。窓が、ガタガタと揺れだした。風だ。強い風が窓を鳴らす。燭台の炎が、どういう仕掛けなのか、大きく揺れている。嵐の音が大きくなる。炎は消えそうで消えない。客電が完全に落ちて真っ暗になる寸前、大きな音と共に窓が乱暴に開いて、同時に炎が吹き消された。

間髪《かんはつ》を入れず、巨大な稲光《いなびかり》が、劇場中を襲った。

響生は何かに感電したかと思った。体中がビリリと震え、次の瞬間、雷の轟音《ごうおん》が頭上から襲いかかってきて辺り一帯が雨に打たれているような感覚に襲われた。目の前を縦横無尽《じゅうおうむじん》に稲妻《いなずま》が走るような、これはなんだ。

これはなんだ！

「！」

響生は、すぐ脇《わき》の通路に人が立つ気配に気づいて、飛び上がりそうになった。すぐ脇に、役者が立っていた。いつの間に……！

客席通路から登場した雨合羽《あまがっぱ》の男が、叩《たた》きつける風雨に逆らうようにして、舞台へと進む。

舞台への上がり口が玄関になっている。戸を叩く。ドンドンドン……「〝ミセスカーリントン〟」ドンドンドン……「〝ミセスカーリントトン！〟」。

真っ暗な舞台の奥から小さな燭台の明かりが手前へと動いてきた。

「〝ごめんなさい、もう二時間も停電しているんですよ〟」

現れたのは長いドレス姿の女だった。雨合羽の郵便局員から一通の手紙を受け取ると、不気味な舞台にゆっくりと明かりが灯っていく。いつの間にか椅子《いす》とテーブルが揃《そろ》っていて、人影が動いている。談笑している。

そこから響生の脳は、一直線に引きずり込まれていく。

運命の奔流《ほんりゅう》は、堰《せき》を切った。

＊

街にはいつしか暗い雲が立ちこめていた。大粒の雨がアスファルトに幾つもの丸い染みを生み、傘を持たない人々を驚かせ、ガード下へと走らせる。その上を駅から出たばかりの銀色の電車が激走する。

激しい夕立の音も本物の雷鳴も、劇場の中までは届かない。それよりも遙《はる》かに激しい嵐が今、響生の前には巻き起こっていたのである。

芝居がひとつの楽曲だとすれば、これは断崖《だんがい》を滑り落ちる奔流にも似た旋律《せんりつ》だった。岩を滑り落ち、滝壺《たきつぼ》の底から今度は泉のように溢《あふ》れ、湧《わ》き出してくる、止めどない水のエネルギーにも似た激情の楽曲だった。

連城響生は、酩酊《めいてい》していた。目の前の舞台で巻き起こる未知の嵐に、魂《たましい》ごとさらわれた。

『メデュウサ』！

嵐の名は『メデュウサ』！

「〃僕は自分に才能があるだなんて、大それたことは思っちゃいません〃」

赤黒いライトの下で、美貌《びぼう》の復讐鬼《ふくしゅうき》が言い放つ。主役のハミル・グラッドストンを演じるのは藤崎晃一《ふじさきこういち》。恐るべき美貌は舞台にあがると、ただそれだけで視線を惹《ひ》くが、外見の美しさを凌駕《りょうが》する存在感があって、響生を圧倒した。淫靡《いんび》で狡猾《こうかつ》、冷酷で激しいハミル。藤崎の底知れない表現力は劇場中を圧倒する。

「〃そもそも僕にとって芸術の才能とは、ひとつの目的を遂行《すいこう》するための技能にすぎない。例《たと》えば狙撃《そげき》の腕の善《よ》し悪《あ》しのようなものでしてね。あなたがたが崇拝《すうはい》する、人類の財産だの英知だのとは全く無縁の、およそ即物的な能力なのですよ！〃」

響生は思考力を奪われた。

言葉も忘れた。

一瞬たりと目が離せない。たちまち溺《おぼ》れた。響生は舞台に引きずりこまれた。

禁断の母子相姦によって生まれ、十五年間を地下室で育てられた美貌の天才児ハミル。スキャンダルを揉《も》み消すため、ハミルを亡きものにしようとする父エドワードとその家族。親愛なる乳母《うば》を殺した肉親への復讐に燃えるハミルは、芸術一家のカーリントン家の人々から、恐るべき芸術的才能を駆使して、彼らの地位も名声も絆《きずな》も剝奪《はくだつ》していく……。

「〝小説家という奴《やつ》はネタのために生きているようなものでね。……すごいぞ、こんな薄いシャツの下にハーレムでも飼いならせない獣《けもの》を棲《す》まわせている。私は若い獣が大好きでね。リヨンの山羊《やぎ》など最高だ。しなやかな筋肉のトルソー、摑《つか》めば弾み返されるような手応《てごた》え、あれでなければ興奮できない。脂肪ののった霜降りはあまり好きではないのだよ〟」

「〝人間の女は山羊以下だと?〟」

「〝人間の男は山羊以上だ〟」

「〝しかしこの山羊は、アレの瞬間、喉笛《のどぶえ》に嚙《か》みつく癖《くせ》がある〟」

「〝君に食い破られるなら本望だよ〟」

「〝恐ろしい。まったくこの家はソドムの城だ〟」

脱がされた太股を、中年男の肉体に蜥蜴《とかげ》のようにからませるハミルの悪魔的な微笑。響生は息を吞《の》んだ。唐突にあの戒壇院《かいだんいん》の闇の中で、広目天《こうもくてん》の刺すような眼差しと出会った気がした。

しかしそれは凝視などではなく、藤崎の挑戦的な視線なのである。巧妙に張り巡らされた言葉の罠《わな》、美しく猥褻《わいせつ》で鮮烈な舞台、先を読ませない衝撃的な展開……!

響生は嵐の海の小舟だった。

この舞台はただの芝居ではなかった。

魂《たましい》ごとひっくり返す衝撃が、濁流《だくりゅう》のように襲いかかってくる。

全裸に白蛇をまとわりつかせ、恍惚《こうこつ》と天を仰《あお》ぐ藤崎のハミル。

卑猥《ひわい》きわまりない露悪的シチュエーションが板の上ではみるみる昇華していく。

とてつもない魔術だ。これは神話か。

神話が降臨《こうりん》した！

オペラ歌手クローディアの喉を、己《おのれ》が作曲した恐怖の破壊旋律によって崩壊させていくハミルの悪魔的な頭脳。画家ネールの贋作《がんさく》を描いて本物よりも価値ありと画商連に認めさせていく圧巻の展開。虐待《ぎゃくたい》のトラウマをもつ妹へ垣間見せるハミルの秘めた優しさに心打たれたかと思うと、火の海に呑まれた地下室が観客を過去へと引きずり込み、ハミルの絶叫で打ちのめす。

「〝あの靴音……神様だ。俺の神様が帰ってきた。あの地下室で俺のからだに〈恩寵《おんちょう》〉をほどこした神様。ジェシカを殺した神様！〟」

怒濤《どとう》の舞台だ。

嵐に響生は酩酊《めいてい》していた。ここが劇場だということを忘れた。舞台から繰り出される全てのものに五感が悲鳴をあげている。出たことのない興奮物質が体中を巡るのを感じる……！

「〝まさか……あれは本当だったのか、セバスチャン。あの夏、マリアが産み落とした赤子がいたというのは！　誰の子だ、それは誰の子供なのだ、答えろ！〟」

「〝そ、それだけは勘弁《かんべん》してくださいまし、旦那様！〟」

「〝どこの下男だ、私のマリアを汚したのは。あの鎖で閉ざしたトビラを開けたのは〟」

「〝いいえ！　トビラは閉まり続けておりました。旦那様が確かめましたとおり！〟」

「〝トビラの中にいた男は、我が息子エドワードのみ……。まさか〟」

妻を実の息子に寝取られた男の憤怒《ふんぬ》、その間に生まれた忌子《いみご》が生涯求めた完全なる天才児であったという皮肉、憎悪と歓喜、矛盾に悶《もだ》え苦しむアンドルーの悲嘆が舞台を加速させる。

「〝だけど憎めない。私は……おまえのその才能をこそ、待っていたのだ、ハミル！〟」

止まらない、止まらない、止まらない。

登場人物の感情にまともに揺さぶられる。観ているだけなのに溢《あふ》れだして止まらない。歪んだ愛情、汚れなき愛情、ごった煮のモラルとインモラル、駆け引き、野望、願い……！　猛烈な勢いで観る者を押し流す。踏ん張りきれない観客はフィナーレという名の河口まで一気に押し流される。

「〝人間？　おまえは肉片だ。私の精子が、私を産み落とした愛《いと》しい女の中に帰って結合した、愛の最も濃い血でできた生き物。おまえは私の一部なのだ〟！」

震えがとまらなかった。口は半開きのまま、身じろぎもできなかった。

これは……芝居じゃあない。

こんな芝居があってたまるものか。

広目天がいる。見覚えのある目はそれだけじゃない。観音《かんのん》が。荘厳《そうごん》に飾られた仏の群れが、この舞台の上には仏の群れが存在しているじゃないか。

目に見えるわけじゃない。感じるのだ。この芝居は、ただの芝居じゃない。俺にはわかる。みろ、仏たちが集まってきた！

役者たちがぶつかりあい、声をはりあげ、その肉体で紡ぎ出すのは、立体曼陀羅《まんだら》。しかも三次元では捉《とら》えきれない時間でできた時間曼陀羅。芝居とはこういうものなのか。否《いな》！

整然とはしていないが、猥雑《わいざつ》で怒濤《どとう》の輝きを放つこれは……！

スリリングで息をもつかせない復讐劇だ。だがそれだけではない。思わず前のめりになるほど、面白い！　だがそれだけじゃない。この押しの強い演出力は芝居以上のものを、この空間に出現させる！

響生は東大寺の法華堂《ほっけどう》を思い浮かべたが、それだけでは足りなかった。戒壇院の四天王が、室生寺《むろうじ》の諸仏《しょぶつ》が、三十三間堂の千体観音が、まるで一箇所に集まってきたような密度の高さだ。なんて荘厳さだ。目が眩《くら》む。なんて快楽だ。なんて冒瀆《ぼうとく》だ。なんて興奮だ。なんて愛しさだ。こんなものが人間の手で作り出せるのか。しかもこんな架空空間に。

突き抜けていく……！

なんなのだ、これは。

俺が求めてきた世界がここにある。なんなのだ、この二時間半の蜃気楼《しんきろう》は。

この言葉は。この光は。この光景は、この人間たちは！

これが榛原憂月の舞台なのか！


滝壺に落ちたような凄《すさ》まじい拍手が客席からわき上がった。舞台いっぱいに溢れていく光芒《こうぼう》の中で全ての物語が終焉《しゅうえん》を迎え、カーテンコールで役者たちが一斉《いっせい》に舞台に出てきた。

藤崎晃一の姿もある。ハミルの表情から、やっと解放された藤崎は、神々《こうごう》しいような笑顔だった。生命を燃やし尽くせたものだけがみせる、素晴らしい笑顔だった。

潤《うる》む瞳《ひとみ》に、はにかんだような笑みを浮かべ、両手を広げて躰《からだ》いっぱいに拍手を浴びている。

響生は呆然としていた。

いま、目の前に、この世にはあり得ない世界が現れたのを確かに目撃した。もう消えてしまったが、確かにあそこにあった。

鳥肌は消えなかった。わけのわからない震えがやまなかった。

耳が馬鹿になるほどの拍手の嵐が、ようやく、ようやく果てる頃、劇場には終演のアナウンスが流れ始めた。興奮さめやらぬ観客たちが客席を後にしていく。追い出し係に声をかけられてかろうじて立ち上がった響生だが、足がふらついて、うまく歩けなかった。どうにか人込みにまぎれ、押されるように外に出ると、街は激しい雨に降られていた。傘がない客が軒下《のきした》から出られずにいたが、響生はどしゃぶりの雨にもまるで気づかない様子で、劇場前の階段を夢遊病者のような足どりで下りていった。

向かいのビルの壁にすがりついて、思わず背中を預けた。入場した時から握りしめたままだったチケットの半券は、汗と雨でぐしゃぐしゃになっていた。

大粒の強い雨が叩きつける。

響生は呆然と空を仰いだ。

天を仰いだ。

時折、稲光が空を白く染める。

ああ――……。

俺は出会った。

出会ってしまった！

俺の神と！

腹の底から絶叫したかった。体中が興奮に満ちていた。

そうだ、あの世界だ。

俺は生まれてからの二十年間、
ずっとあの世界と出会いたかったんだ！

「……榛原……憂月……」

その名前が稲妻のように魂を貫《つらぬ》いた。
打ち付ける白い雨が、響生の叫びのように、街を塗り替えていく。

第三章

熱狂の日々が始まった。

響生《ひびき》はそれから毎日、『メデュウサ』の当日券を得るために朝早くから劇場前に並ばねばならなくなった。炎天下はつらかったが、『メデュウサ』が観《み》られると思えば暑さなど何ほどのものでもなかった。

毎日の劇場通いでチケット代を捻《ひね》り出すために、夜間の道路工事のバイトもしたし、それでも足りなくなると、姉に無心したりもした。

立見席でもなんでも、観られれば言うことはなかった。あの場所に居合わせるだけで響生にはこの上ない恍惚《こうこつ》だったのだ。

観れば観るほど、興奮は高まった。毎回毎回違う興奮があって、自分の中から今まで知らなかった感情がみるみる湧《わ》いてくるのだ。未知の自分を発見する喜びが加わる頃には台詞《せりふ》は全《すべ》て覚えてしまっていた。

そんな響生の姿は、奥田《おくだ》たちにも目撃されていた。劇場入り口で当日券を買い求める響生を見つけて、奥田は「まさか」と目を疑ったものだ。

あの連城《れんじょう》が、榛原憂月《はいばらゆうげつ》を観に来ているなんて。

だが、声をかけられなかった。その時の響生が、ちょっと異様な雰囲気《ふんいき》だったからだ。毎日炎天下に並ぶため、肌は日焼けで真っ黒な上、連日の深夜バイトで寝不足なのか、目は落ちくぼみ、頬《ほお》はげっそり痩《や》せていて、疲れている様子なのに眼だけが爛々《らんらん》と光っている。麻薬中毒患者のような異様さに、奥田は思わず息を呑《の》んでしまった。

「おい……、あいつ、なにがあったんだ」

しかし当の響生は歓喜のまっただ中にいるのだ。藤崎晃一《ふじさきこういち》の演技は、どの日も、全く弛《ゆる》むことはなかった。彼が叫ぶと自分が叫んでいるような気がしてくる。この世に、こんなエクスタシイがあるなんて、知らなかった！

貪《むさぼ》って貪って、骨までしゃぶって、『メデュウサ』が惜しまれながら一カ月間公演に幕を下ろすと、今度は榛原憂月の次の芝居のチケット取りのために奔走《ほんそう》せねばならなくなった。だが苦痛ではない。幸福だった。このうえなく幸福なのだ！

榛原の話題が出ている雑誌は全部買った。或る演劇雑誌で榛原憂月の特集を組んでいて、彼の戯曲と演出ノートとインタビューが載っていると、平積みしている分、全て買い占めた。こんな独占欲が自分の中にあるなんて！　榛原憂月の写真を初めて見た。神様のように美しいと思った。感激した。

まだ二十三…いや八月に二十四歳になったという。『メデュウサ』を書いたのが二十歳《はたち》の時だと知って響生は驚嘆《きょうたん》した。俺とほとんど同い年で書いたのか、あれを?

響生はその雑誌を毎日カバンに入れてボロボロになるまで読み込んだ。講義も聴かずにハイバラのことばかり考えた。

凄《すご》い!

こんな人間見たことがない。今の日本にこんな凄い才能の持ち主がいたなんて!

榛原憂月、なんて凄い奴《やつ》なんだ。素晴らしい!

今まで榛原が発表してきた芝居の台本を全部手に入れて、響生はますますのめりこんだ。この人は凄いぞ。演出だけじゃない。戯曲だけ見ても、とてつもなく刺激的だ。活字になった言葉は舞台とはまた違ったパワーを持っていて、響生はさらに熱狂した。どうしたらこんな言葉、出てくるんだ。今まで読んできたどんな小説も、戯曲も、響生にこれほどの興奮はもたらさなかった。たちまち劇作家・榛原憂月の熱烈なファンになった。

いま注目している作家を問われれば、響生は迷うことなく「榛原憂月」と答えた。

堂々と、榛原のファンだと胸張って名乗れる。

とにかく凄いんだ、読んでくれ。

榛原憂月は凄いんだ。芝居を観ろ、読んでくれ!

誰彼構わず人に薦《すす》めまくり、台本や雑誌は片時も離さなかった。榛原の言葉に触れているだけで幸福なのだ。気に入った箇所は数え切れないほどあって、寝言で暗誦《あんしょう》できるほどだった。まるで恋にでも落ちたようだ。榛原に関するどんなことも知りたかった。あれを生んだ男のすべてを知りたい……！

榛原からの刺激で、創作意欲も急激に高まった。今なら何でも書ける気がする。書きたい！俺にも書かせてくれ！

響生は書いた。自分でも驚くほどの勢いで、次々と小説を生みだした。

＊

夏休みが終わって、十月。

この一夏を劇団旗揚げのために費やした奥田一聖《かずきよ》は、しばらくの間、響生のことを忘れていたのだが、ここに来て、思いがけぬ姿を見ることになってしまう。

久しぶりに大学の構内で響生を見かけた奥田は、旗揚げのことを伝えようと、学食の手前で声をかけた。

「よう。連城」

階段の踊り場で振り返った響生は、奥田が驚くほど生き生きとした顔をしていた。

「おまえさ、こないだ『メデュ……』」

「なあ、あんたも『メデュウサ』観たか」

とだしぬけに訊《き》いてくる。奥田は面食らった。

「あ、ああ……。おまえも観たのか」

心配したような麻薬中毒患者じみた様子はなく、響生はまぶしいほど健康的な表情で、声も高らかに畳《たた》みかけてきた。

「すごかったよな、榛原憂月はすごいよ！　いま榛原のこと話したくて仕方ないんだ、なあ、今日これから空《あ》いてるか！」

あまりの変わり様に、度肝《どぎも》を抜かれた奥田である。こんな明るく積極的な響生を見たことがない。

「連城、おまえ……ッ」

「榛原憂月は最高だ！　最高に面白い！　俺、滅茶苦茶《めちゃくちゃ》惚《ほ》れたよ。あんたにはわかんないのかなぁ、榛原憂月の右に出る作家なんていやしない！」

響生のはしゃぎように奥田はついていけない。

「ハイバラユウゲツはサイコーだ。サイコーにイイ！」

「連城」

「あれこそ俺たちの時代の代弁者なんだ！　あのひと、もっとすごいもん生むよ！」

そこに榛原崇拝者《すうはいしゃ》の青山《あおやま》千冬《ちふゆ》が合流した。ふたりは意気投合して盛り上がっているらしく、榛原の作品のことを夢中で語り合いながら学食に入っていく。

「サークル棟《とう》で待ってるから！」

と明るい笑顔で言い残し、響生は行ってしまった。嫌な予感が的中したような、居心地の悪さを奥田は感じた。榛原の虜《とりこ》になってしまったらしい響生の、あからさまな躁《そう》状態に気圧《けお》されて、なにも言えなかったが……。

おい、大丈夫なのか、あいつ。

響生は完全に我を忘れている。榛原作品に夢中で、他は何も目に映らないようだ。

響生があまりに浮かれているものだから、奥田はとうとう自分の劇団を結成したことも、旗揚げ公演のことも告げることができなかった。

形にならない不安を、奥田は感じていた。そして彼の危惧《きぐ》したものは、数カ月後、目に見える形になって現れるのである。

＊

連城響生の小説が、久しぶりに小説誌に掲載されたのは秋も深まる頃だった。キャンパスの銀杏《いちょう》並木は黄葉《こうよう》して、秋の陽《ひ》を受け、金色に輝いていた。いつものように大学生協の本屋で手に取り、立ち読みした奥田は、愕然《がくぜん》と立ち尽くした。

いけない……。

奥田は目を疑った。思わず最初のページに戻って、作者の名前を確かめてしまったほどだった。

響生の文章は一変していた。

今までの彼の文体は、見る影もなくなっていたのである。

「……うそ……だろ」

雑誌を持つ奥田の手は震えてきた。どこまで読んでも彼の文章は元には戻らなかった。駄目だ、連城……。心の中で何度も呟《つぶや》いた。いけない。これは駄目だ。

これは……ッ。

これはハイバラユウゲツだ！

響生は「鬼」にくわれていた。

響生の新作は、新境地とも言えるサスペンスタッチの復讐劇《ふくしゅうげき》だ。財産目当ての叔父《おじ》に両親を殺された若者が、自《みず》らの美貌《びぼう》と頭脳を武器に復讐を果たす物語。復讐劇という形もそうだが、主人公の人物造形までもが『メデュウサ』に酷似《こくじ》しているのだ。母子相姦だの地下生活だのの過去こそないが、この美貌と冷酷さはハミルだ。わかる者が読めば、すぐに思い浮かぶのだ。なにより作風そのものが、榛原憂月以外のなにものでもなくなっていた。

なんてこった……。

奥田は呆然とした。

やってしまった……。


しかし、響生には自覚がない。

創作衝動にかられるまま、夢中になって小説を書きまくっている。

榛原憂月に触れた興奮のただ中にいた。こんなに創作意欲を掻《か》き立《た》てられたことは今までなかった。ハイバラが限りないイメージを呼ぶ。気が狂ったように小説を書きまくった。寝る間も惜しんでパソコンに向かい、とうとう学校も休みがちになった。

そうして発表した作品群が、何を引き起こし、何をもたらすのか。

彼はまだ知らない。

奥田は、この小説ができる限り少ない人間の眼にだけ触れることを祈った。しかしそうはならなかったのだ。

響生の作品は大きな反響を呼んでしまった。

賛否両論巻き起こった。

皮肉だとしか言い様がなかった。

こうして書かれた一連の模倣《もほう》作品群が、逆に人々の目を、連城響生という新人作家に集めていくことになろうとは。

そして予想を遙《はる》かに超えた大津波のような反響が、響生の耳に届く頃、

彼は自らの大失敗にようやく気がつくのだ。

榛原憂月という怪物の巨大な影に呑《の》まれたことを知るのだ。

模倣作家第一号の焼き印を、押されたことを知るのだ。

思えば熱狂に身を任せていたこの頃が、響生にとっては一番幸せな時間だったのだろう。

我に返ったその瞬間から、連城響生の地獄は始まる。

黒鍵II
-allegro-

序章

俺は眠っていたのか……。

それとも気絶していたのか？

こめかみの傷の痛みで、目が覚めた。

鈍器《どんき》で殴《なぐ》られた傷は、もう血は流していなかったが、頭蓋骨《ずがいこつ》に響く痛みだ。こめかみの血管が脈動するごとに、頭の傷は唸《うな》りをあげて、消耗《しょうもう》しきった連城響生《れんじょうひびき》を打ち続けた。

帰宅したのは、明け方だった。

白金台《しろかねだい》から広尾《ひろお》まで、白々と明ける夜明けの道を惨《みじ》めな足どりで歩き続け、ようやく自宅に辿《たど》り着《つ》くと、そのままベッドへと崩れ込んだ。シャツの襟《えり》は血だか何だかで汚れていたが、着替える気力も残っていなかった。

掌《てのひら》には生々しくあの男の皮膚《ひふ》の感触が残っていた。浅黒い肌はやけに滑らかだった。黒い緩やかな縮髪《ちぢれがみ》、恐るべき旋律《せんりつ》を叩《たた》き出した骨張った指、重い脳を戴《いただ》く頭部……。

ああ、そうか。

全部思い出した。

この感触。あれは夢ではなかったのだな。

――おまえにとって、クラウデスはなんなんだ。

――こたえろ……答えろ、憂月《ゆうげつ》！

記憶も、涸《か》れた。

あの男が己《おのれ》の身を守るために鈍器で殴りつけてきたこの傷の、痛みだけが、ゆうべのことが響生の妄想《もうそう》ではないことを伝えていた。

あれから何時間経《た》ったのだろう。

俺は、いつもの悪い夢の真ん中にいるのではないのだろうか。

地層のごとく積み重なった妄想の記憶と、現実とが交錯《こうさく》する。人を殺した直後の犯罪者も、やはりこんな消耗のるつぼに投げ込まれるのだろうか。

名を呼べば、魂《たましい》を削《けず》られていくようだった。あたかもそれは、波濤《はとう》に削られる岩のように。

だがその魂も、もはや風前の灯火《ともしび》だ。

――おまえの魂は、私の重さで、今度こそ自壊を起こすのだ。

破れ果てた。俺は。

骸《むくろ》を晒《さら》すだけだ、痛みの。

あの遠くて眩《まぶ》しい太陽に体ごとぶつかっていって、粉々になった。

暗澹《あんたん》たる天井にぼんやりと光が滲《にじ》んで見えた。発光体は照明具の一部なのだろうが、低下した脳の力ではそれがなんなのか、よくわからなかった。響生は無意識に、指先を伸ばしてみた。ぼんやりと淡い、霧《きり》に滲むホタルのような光だ。

穏《おだ》やかな光だ。

懐《なつ》かしくて……愛《いと》しい、この感じ。

覚えがある。

指を伸ばした。

その光に触れたかった……。

おまえなのか……。そこにいるのは。

その光の名を、……ああ。

そうだ。俺は知っていた。いつのときも。

渇《かわ》いた喉《のど》が水を求めるように。

俺は知っていたんだ。


ある時は、夜の街角で歌っている姿だった。ある時は、おまえの寝顔だった。演じているおまえではなかった。執筆に疲れ、失意でささくれだった心を癒《いや》したのは、おまえの安らかに眠る横顔だった。あの夜の街角の空気にもう一度触れたかった。それができれば、俺はこのまま安らかに消えることができる気がした。演じている時ではないおまえの姿に、俺はほんとうはすでに、この上なく、癒されてきたんだ。
灰になった魂が、一匹の蛍《ほたる》に手を伸ばす。
届かない……。
魂を潤《うるお》し、
癒す、
ささやかな光。

――ケイ……。


今夜全《すべ》てが終わった。

樹海は、焼き滅ぼすことができなかった。俺はクラウデスのようには、あの男を破壊することができなかった。

汚れた指先が震える。

俺の魂は、九年を経た今も、あの灼熱《しゃくねつ》の夏にあった。過ぎ去ることのできない夏が、俺を苛《か》烈《れつ》な炎のように炙《あぶ》り続けていた。

だが、すべての熱情は、絶唱を残して今、消えていこうとしている……。

教えてくれ、ケイ。

俺は楽な道ばかり歩きすぎたのか？

ひとから押しつけられる価値観を唯々諾々《いいだくだく》と受け入れることで、自らの形を成してきた俺への、これが――。

闘うことを避けて通り、傷を恐れて受け入れるばかりだった俺の惰弱《よわ》さへの、これが、答えなのか。

黒鍵《こっけん》の音が聞こえる――……。

耳にこびりついて離れない。

破滅の弔鐘《ちょうしょう》のようなDの♭《フラット》。

第一章

激しい雷雨の夜だった。

あの日、ひとつの舞台が、十九歳の響生《ひびき》を、狂奔《きょうほん》へと駆り立てた。

演劇結社〈彷徨《さまよ》う三日月《みかづき》〉による、榛原憂月《はいばらゆうげつ》作『メデュウサ』東京公演。九〇年代、彗星《すいせい》のごとく現れて演劇界に激震をもたらし、やがて、天才的革命児の名を恣《ほしいまま》にした榛原憂月の処女戯曲《しょじょぎきょく》にして処女演出。あの巨大な才能のビッグバンを引き起こした問題作。

一枚のチケットが、響生の運命を大きく変えた。

それを譲《ゆず》った青年は直後、自ら車に飛び込んだ。呪《のろ》われた血まみれチケットを握りしめて、響生は『メデュウサ』という名の狂熱のマグマへと身を躍らせた。

麻薬演技《ドラッグプレイ》と呼ばれた藤崎晃一《ふじさきこういち》のハミルは、魂《たましい》が濡《ぬ》れるほどのエロスを体現した。榛原の言葉は全編、濃厚な背徳《アンチ・モラル》の芳香に満ちあふれ、一切の殻《から》から響生を解き放ち、重症の中毒患者へと変えるに充分な威力《いりょく》を以《もっ》て迫ってきたのである。

熱界雷《ねっかいらい》だった。

大地を揺り動かす大音響に晒《さら》されて、響生は歓喜で我を忘れた。

興奮のるつぼに、彼はあった。

「榛原憂月の『メデュウサ』を見たか！　とにかく凄《すご》いんだよ、滅茶苦茶イイんだ！　まだ観てないなんて絶対損だ！　なんでもいいから早く観ろ、榛原憂月は凄いから早く観ろ！　あのひとは俺たちの代弁者なんだ。いいや、時代を変える救世主だ！」

——悪い宗教にでもハマったのか？

学友たちが引くほどの躁《そう》状態で、夏休み明けの大学に現れた響生の言動は、奥田《おくだ》一聖《かずきよ》の目にも異様に映った。

こいつ……。

こんなになっちまいやがった……。

別人格にでも乗っ取られたのでは、と疑うほどの変わり様に、奥田は驚くよりも、ゾッとしてしまった。そのはしゃぎっぷりはかつての青山《あおやま》千冬《ちふゆ》の押しつけが可愛く見えるほどだ。

「ハイバラユウゲツはサイコーだ！　俺はあの人の言葉になら身を捧《ささ》げてもいい！　ああ、ずっと浸《ひた》っていたい、もっと！　もっと！」

熱病患者だった。響生は恋に狂う男のようで、周りも何も見えなくなっていた。

そして、最も恐れていたものが、目に見える形になって現れたのは、
それから二カ月後のことだった。

「奥田。……II劇の奥田、じゃないか」

＊

学祭が終わりキャンパスの銀杏《いちょう》も黄みを帯び始める頃。大学の最寄《もよ》りの四《よ》ツ谷《や》駅から、中央線に乗り込んだ奥田は、車内で聞き覚えのある声に呼び止められた。午後四時過ぎの車内は帰宅ラッシュを控えて、そろそろ混み始めていた。客をかきわけ、声をかけてきたのは、あの連《れん》城《じょう》響生ではないか。

最近の響生は不気味なくらい機《き》嫌《げん》がいい。かつては滅多《めった》に見せなかった笑顔を惜しげもなく向けてくる。神経質で癇《かん》が強く、引火しやすくて取扱《とりあつかい》注意だった、あの気性は、今やすっかり失われた。かわりに、瞳《ひとみ》はまるで熱に浮かされたようだ。少女のように潤《うる》んでいる。

「よう……、作家先生」

「家、こっちだったのか」

「ああ。中野《なかの》だ」

「近いな。高円寺《こうえんじ》なんだ。これから時間あるか？　よかったらメシでも喰《く》わないか」

響生から笑顔で誘う日が来るなどとは、誰が予想できただろう。だが理由などわかっている。響生は奥田を友と認めたのでもなんでもない。ただ榛原の話題が通じる相手が欲しいだけなのだ。その証拠に見ろ。この目。

まるでカルト信者の目だ。

危《あや》ういとは思ったが口には出せなかった。響生の熱弁にあてられるまま、奥田は共に高円寺駅へ降り立った。

商店街が縦横無尽《じゅうおうむじん》に延びる高円寺の駅界隈《かいわい》。ガード下に軒《のき》を連ねる呑《の》み屋のうちの一軒に、響生は慣れた様子で入っていく。「青山とよく来る」のだそうだ。劇研の青山千冬。『メデュウサ』を観てからというもの、毎夜のようにこの辺りで盛り上がっているらしい。

「未成年のくせに」

「もう未成年じゃない。今月の五日で二十歳になった」

「へえ。蠍座《さそりざ》か。らしいっつーか」

暖簾《のれん》が出たばかりの呑み屋に入り、生ビールを頼んだ。狭い間口ぎりぎりまで椅子《いす》が並んだ店は、響生たちの他にはまだ客もいない。轟音《ごうおん》と共に時折、頭上を電車が通過する。酔いがまわれば自然に声がデカくなる奥田だから、この程度の騒音は気にならないが、この日ばかりは違った。鉄塊《てっかい》の激走する轟音が真上から襲いかかるたび、わけもなく身が竦《すく》んだ。

人見知りの激しかった響生が、店の主人へやけに馴《な》れ馴れしく話しかける。らしくない快活さに、また違和感を覚えた。

「そうか。新作、読んでくれたのか」

響生は大仰《おおぎょう》に喜んだ。

「自信作なんだ。たった四日で一気に書き上げた。こんなの初めてなんだ。書きながら興奮してた。どうだった？　感想を聞かせてくれ！」

「あ、ああ……。おもしろかった」

「それだけか。他には」

と期待に胸弾《はず》ませ、潤んだ瞳で覗《のぞ》き込んでくる。他にどう答えようがある。

あれは〝ハイバラユウゲツ〟だ。

なんて、俺の口からは言えない。とても言い出せない。

だが響生には自覚がない。

「主人公の鳴沢《なるさわ》は、今まで俺が書いてきた登場人物の中でも特別刺激的な男になったよ！　冷徹な復讐鬼《ふくしゅうき》なんだが、決定的な欠落を抱えてる人間というのは、どうしてこんなにエロティックな匂《にお》いを感じさせるんだろうな」

そいつはハミルだ。

言葉は喉《のど》まで出かかった。あれはどこからどうみたって、榛原のハミルじゃないか。

「鳴沢は、最後の対決シーンで、自分を犯した憎むべき叔父《おじ》に、無意識下ではまだまだ根深く支配されてたことを自覚して揺れるんだ」

自覚してないのか。連城。

それはおまえの作品じゃない。おまえがそうやって語るものは、すべて榛原の作品に描かれてたものなんだよ。それは、おまえのものじゃないんだよ、連城！

夢中で自作を語り続ける響生の姿が、痛い。恐らく榛原の舞台を観た興奮に駆られて勢いのまま書いてしまったにちがいない。影響を受けたにしても、おまえのそれはあまりに露骨《ろこつ》すぎる。

「叔父は、鳴沢の〝神〟なんだ」

〝私はおまえの神なのだ、ハミル〟

「鳴沢の義母へのあれは淡い恋心なんだ。自分を〝人間〟にしてくれた相手への愛情なんだよ！」

〝ジェシカは愚かなんかじゃない。ジェシカが俺を人間にしてくれた！〟

「己《おのれ》を支配するものへの憎しみと愛の板挟みなんだ。わかるか？　創造主から逃れられないそこにエロスがあるんだ」

〝あんたは〈神様〉なんかじゃない。あんたはただの薄汚い――人間だ〟

全部榛原が描いたものだ。

区別ができていない。どこまでが榛原の生んだもので、どこまでが自分の泉から湧《わ》き出たものか。響生は見事に自覚がない。無自覚で影響を垂れ流しにしている。意識して真似《まね》できるほうがまだマシだ。それにも気づかず自信に満ちた饒舌《じょうぜつ》は端《はた》から見れば滑稽《こっけい》で、聞くに耐えず、奥田は遮《さえぎ》るように別の話題をねじこんだ。

「劇研の学祭公演、青山が演出やったんだって？　俺は観《み》なかったが、どうだった」

「ああ。青山には申し訳ないが、榛原憂月を観た後じゃ全然物足りなかったな」

「おまえ、芝居なんか喰わず嫌いだったくせに、どうしてまた『メデュウサ』観に行く気になったんだ」

「チケットを譲《ゆず》ってもらった」

「誰に。青山？」

いや、と言って、響生がおもむろに定期入れをとりだした。開いてみせると、チケットの半券が挟んである。

「下北沢《しもきたざわ》の駅前で、知らない奴《やつ》から譲ってもらった。これが最初に観に行った時のだ。記念にとってあるんだ」

覗《のぞ》き込んだ奥田はギクリとした。皺《しわ》だらけの半券には、大きな染《し》みがついていて、その滲《にじ》み方が「血痕《けっこん》」に見えたのだ。

「汗で濡《ぬ》らしてしまった。観てる間中、ずっと握りしめてたから」

と響生は幸せそうにジョッキを呷《あお》る。やけに不吉な徴《しるし》を感じて、奥田は黙り込んだ。

「そうだッ。今月号の『天井桟敷《てんじょうさじき》』もう買ったか？　榛原の演出ノートが載《の》ってたんだ。なに、まだなのか？　これだよコレ！」

カバンから取りだした演劇雑誌を、奥田に押しつけてくる。『メデュウサ』の演出ノートの一部が載っている。響生は興奮してテーブルに身を乗り出し、

「凄《すご》いだろ。これが俺たちと四つも違わない男のナマの筆跡なんだ。榛原の写真も載ってる。ほら、ここ。エキゾチックな顔立ちで、なかなか男前だと思わないか」

それから延々と榛原賛美《さんび》が始まる。連城響生はこんな男ではなかった。少なくとも奥田が知っている響生は、全身に有刺鉄線《ゆうしてっせん》を絡《から》ませた、一筋縄でいかない奴だった。なのに、この飼い馴らされっぷりは何だ。おまえのプライドは一体どこにやってしまったんだ。

いよいよ耐えられなくなってきた奥田が、ついに暴挙に出た。止める間もなかった。響生の一方的な榛原賛歌を遮って、奥田がいきなり『メデュウサ』のページを破りとったのである。悲鳴をあげた響生の目の前でさらに、細かくちぎって灰皿に投げ捨ててしまった。

「な！　なんてことすんだ！」

途端に響生が椅子を蹴《け》って立ち上がった。奥田の胸ぐらを摑《つか》みあげ、

「なんのつもりだ、これは！」

「てめえの胸に手ぇあてて考えろ」

「謝れ」

「謝らねえ」

「ふざけんな！　謝れ！」

「謝らねえ！」

逆上した響生が殴《なぐ》りかかってきた。水泳で鍛《きた》えた上腕から繰り出す拳《こぶし》は生半可《なまはんか》ではない。見事顔面にくらい、派手な音をあげて、奥田は後ろのテーブルごとひっくり返った。

「クソッ、ハイバラハイバラって、アイドル追っかけてるヤローじゃあるまいし！　洗脳《せんのう》されてんじゃねー馬鹿野郎！」

怒鳴って猛然と響生に飛びかかる。たちまちとっくみあいになってしまった。テーブルの上の料理やら箸立《はした》てやらが大きな音をあげて床に落ち、店の客やら大将やらが慌《あわ》てて止めに入ったが、二人は怒鳴りあいをやめようとしない。

収拾がつかなくなり、とうとう店を追い出されてしまった。

＊

結局、その呑み屋は出入り禁止になってしまった。奥田も響生も、あれだけ暴れておきながら、まだ腹の虫が収まらない。

「二度と顔も見たくねー！　てめえの小説なんか二度と読まねえからな」

「ふざけんな、こっちから願い下げだ！」

捨てゼリフを吐いて絶交宣言した。これだから演劇をやる人間なんてロクなもんじゃないんだ、と腹の中でなじりながら、響生は痛む顔面を押さえて、家路についた。高円寺の南口から歩いて十分ほどのところにあるワンルームアパート。氷をくるんだタオルで腫《は》れた口元を冷やしながら、安普請《やすぶしん》の部屋に転がって、天井を見上げた。榛原をさんざんけなされ悔しくて仕方なかった。

あいつはきっと榛原に嫉妬《しっと》してるんだ、と響生は奥田の憤《いきどお》りを解釈した。逆立ちしたってかなわないもんだから、あんな言い方をするんだろう。ふん、醜《みにく》い嫉妬だな。

「………。もっと話のわかる奴だと思ってたのに……」

軽い失望を感じながら、傷の痛みに耐えていると、追い打ちをかけるように隣室から大音響のロックが聞こえてきて、閉口した。……また始まった。

東京に来たての頃は、この界隈に立ち並ぶ家屋の密集ぶりに啞然《あぜん》としたものだ。窓を開ければ、すぐに隣家だ。ろくに風通しもなく、路地の空気は濁っている。こんな狭苦しい街に、とりあえず四年間は住まねばならないかと思ったら、憂鬱《ゆううつ》だった。実家の部屋から見下ろせた函館《はこだて》港の灯《あか》りを思い出しては、溜息《ためいき》が出たものだ。

その狭苦しさにもいつしか慣れた。通学の中央線。高架《こうか》から見下ろす街は、密集した住宅の屋根がどこまでも広がっていて、出口がない。親元を離れて自由を謳歌《おうか》、なんてお気楽な気分にはなれなかった。屋根で埋め尽くされた景色は、響生の孤独を深くしただけだった。

でも今は、高架から見下ろす街の夜景も悪くないと思える。

俺は自由だ、と心の底から思えた。

榛原憂月の生み出すものと出会って、俺の魂は自由になった。解放されたんだ。オドオドと肩を細くして歩いた繁華街《はんかがい》も、今は顔をあげて闊歩《かっぽ》できる。高円寺の街の居心地よさも最近ようやくわかってきた。生活に根ざした古株商店が若者ショップと軒を連ねて共存しているこの街は、いろんなものが一緒くたで、雑然としているが、どの世代も居場所を見つけられる魅力的な街だと、今なら思える。肩で風を切って歩くのだ。そんな風に人込みを歩けるようになったのも、榛原のおかげだ。榛原を知っているという一事が誇らしく、内向的な響生から、対人のぎこちなさを取り除き、「どんな場面でも自然に振る舞える」だけの自信をもたらした。見てくれ。未知の人間とも臆《おく》することなく目を見て話せるようになったし、馴染《なじ》みの店も持てるようになった。みるみる「一人前の男」に近づく今の自分が、響生は心から誇らしい。

あの舞台を観てからだ。俺は変わった。

親の潔癖《けっぺき》性の影響で、俺は今まで世界を小さくしていた。

榛原の作品は刺激的で、初めて観た時は、処女膜を破られるような痛みがあったけれど、そういう怖さがやみつきになって、どんどん深みにはまっていく。

次はどんな過激なプレイが待っているんだ？　次はどんな衝撃が待っているんだ？　おいおい、そんなこと台詞《せりふ》にしてしまうのかよ。その演出は倫理的にヤバイだろう？

藤崎晃一の演技はただならぬエロスだ。家で思い出して自慰《じい》に走ったこともある。男をネタにオナニーする日が来るなんて。だけど榛原の世界はそれすらアリだと認めてくれる。射精の瞬間、俺はついに新しい世界に飛び込んだ気がした。榛原が手を差し伸べた。おめでとう。これでおまえは俺たちの世界の住人だ。どんないかがわしいものに「非常識」なエロスを感じようが、咎《とが》めるものはない。

解放してやろう。

私の舞台の前では、如何《いか》なるものからも自由だ。

いかがわしいが美しかった。榛原の第二作『狗賓星《ぐひんぼし》』。精神病院の便所で、発狂した男の老患者と交わるフリードリッヒ役の藤崎は、夢のように美しかった。ナチスの栄《は》えある幹部候補生でありながら、精神を患《わずら》ったとして精神病院に無理矢理入れられたフリードリッヒ。ナチの申し子とも呼べる彼は、そこで出会った患者エルンストとの対話を通じて、次第に「何が狂いたるもので、何が正常なるものか」わからなくなっていく。やがて彼はナチスによる、ユダヤ人及び身体障害者・同性愛者・精神病患者の「絶滅」決定を知り、真に狂いたるものの「巨《おお》きな」姿を目の当《ま》たりにして、自我を崩壊させていく。

収容所に送られていくエルンストを見送ったフリードリッヒ。

ラストシーン。残された彼は、今にも糞尿《ふんにょう》が臭《にお》ってきそうな暗い便所に、ナチの制服を美しく着込んだ姿で現れる。そして老患者の「狂いたる汚れなき」肉欲に身を任せるのだ。その様は己を捨身《しゃしん》するようでもあり、懺悔《ざんげ》のようでもあり、狂わざる人々の「巨きな狂気」に対する返答のようでもあった。薄汚い便所で、制服をあられもなく乱し、恍惚《こうこつ》にあえぎながら、月の光に手を伸ばす藤崎は、頽廃《たいはい》的で、痛ましく、いっそ神々《こうごう》しかった。

——狂いしものよ、我を救え。

榛原憂月……。

ああ、名前を唱えるだけで、俺はあの世界と一体になれるのだ。

あの、美しい狂気に満ちた、激しくも頽廃的な紅蓮《ぐれん》の舞台。

抗しがたい魔力だった。観た直後はあまりの「感動」（と言っても、ちまたに溢《あふ》れるあの大安売りな言葉のことではない。感じて動かされて動けなくなる、あの強くて深くて痛い心の地《ち》殻《かく》変動のことだ）で沈黙を余儀《よぎ》なくさせられる。一度語り出せば奔流《ほんりゅう》のごとくで、青山と延々徹夜で語っても、なお語りきれず、欲求不満で家路につく朝も度々《たびたび》だった。口に出せば嘘《うそ》になるそれを自らの語彙《ごい》の貧しさと拙《つたな》さのせいにして、もどかしさで身悶《みもだ》えした。この語りきれなさが、榛原の底知れぬ魔力であり、俺の創作の原動力なのに違いない。

「俺も書きたい……」

衝動が突き上げてきて、今にも裸足《はだし》で走り出したくなる。

「あの男のように俺も書きたい……！」

俺もあんな感情を書きたい。あの男のように書いてみたい。猛然と起きあがる。そうだ、書くぞ！　書くんだ！　この飢えを！

その夜は明け方まで、響生の部屋から灯《あか》りが消えることはなかった。

＊

「連城君、反響すごいですよ！」

打ち合わせ場所の喫茶店に現れた響生を、小説誌『海朋《かいほう》』編集部の担当編集者・梅野《うめの》は、満面笑顔で立ち上がって迎えた。

「予想以上ですよ、前号の『鉄線描《てっせんびょう》』の反響。おめでとう！　編集長から、すぐに次作の掲載を、とのことです！」

「本当ですか」

「ええ！　見事に殻を破りましたね、連城君！　こういう作品を待っていたんです」

と響生の両肩を摑《つか》んで、周りの客も顧《かえり》みず、有頂天《うちょうてん》ではしゃぎまくる。同業者が集まる喫茶店だ。たちまち何人かの編集者が振り返った。

「見てください、このアンケート。みんな、連城君のを一番に推《お》してますよ」

持参した紙袋には、読者からのハガキの束が入っている。響生は興奮で頰《ほお》を紅潮《こうちょう》させながら、一通一通手に取った。夢のようだ。

「書きます、書かせてください、梅野さん。いま凄《すご》いノッてるんです」

ぜひとも！　と梅野が頷《うなず》いた。行く手が突然開けたような興奮だった。高鳴る胸を押さえて響生は目を輝かせた。しかも朗報は終わらなかった。打ち合わせを済ませて店を出た響生を、わざわざ駅まで追ってきた者がいた。

「連城君、連城響生君ですね？　僕は『創造《そうぞう》』編集部の竜田《たつた》と言います」

名刺を差し出す、その髭面《ひげづら》のやせ男は、老舗《しにせ》文芸誌の編集者だった。

「君とは前から一度、と思っていたんです。どうですか、うちでも書いてみませんか？　連城君」

夢のようだった。『創造』は憧《あこが》れの文芸誌だった。榛原憂月の戯曲《ぎきょく》も何度か掲載されている。迷いなどあろうはずもない。

「書きます、書かせてください！　ぜひ！」

風が吹いてきた。

大きな風だと響生は思った。榛原を思う時の万能感が自分に力を与えてくれる。熱狂のただ中で、響生は書いた。講義に出ている間もイマジネーションは滾々《こんこん》と湧《わ》いてきて、ノートをとるのは人任せにし、原稿用紙に書き殴る有様だ。自分は泉だと思った。帰宅すれば朝までパソコンのキーを叩《たた》きまくった。そしてその念頭には必ず榛原の舞台があったのである。

「やったじゃないか、連城！　俺はこーゆー小説を待ってたんだよ！」

響生の変化を一番喜んでくれたのは、青山千冬だった。『鉄線描』は手放しで褒《ほ》めちぎった。二人はますます盛り上がり、毎日のように榛原や自分の創作について語り合う仲になった。あれほど鬱陶《うっとう》しく感じていた千冬の自己顕示《けんじ》も、なぜか気にならなくなってきた。「あれ？　コイツこんなに面白い男だったかな」と見直すほど、千冬といる時間は刺激的で愉《たの》しかった。

最近では、新作を発表するごとに、喜んでくれる。今までさんざん「物足りない」「淡泊《たんぱく》だ」と言われ続けた響生だ。その千冬に褒められるのは嬉《うれ》しかったし、「どうだ、見たか！」と胸張りたい気分だった。

「この熱さ、狂おしさ、渇望感《かつぼうかん》！　これだよ、これ。榛原みたいなこれだよ！　連城！」

ふっ、と響生が真顔になった。居酒屋のカウンターで、千冬は上機嫌でビールをあおっている。……なんだ、今の小さな違和感。

「『メデュウサ』勧めた甲斐《かい》があったなあ。嬉しいよ、連城。もっとどんどん書けよ。俺はずっとこんな風に書いて欲しかったんだよ」

いま何か、暗い感情がよぎった。

だが響生は、胸によぎったそれを、追って摑まえて確かめるまでのことはしなかった。ちっぽけな自我だの自尊心だのを、束《つか》の間《ま》忘れて熱狂に身を任せる心地よさに流されていたのである。

「文体とか迫力ついて、ぐっと読ませるようになったよ。ああ、最初に『メデュウサ』読んだ時の興奮思い出したなぁ。おまえこそ俺たちの代弁者になれるよ、この勢いでガンバレよ連城！」

「あ……、ああ」

喉《のど》に小骨が刺さったようだった。なんだろう。さっき一瞬覚えた、どろんとした墨が胸で凝《こご》ったような、あの嫌な……感触。

あれは、一体……。

＊

それからが立て続けだった。

作品を発表するごとに反響は高まり、たった三カ月で、響生の新作が純文学系雑誌を一気に飾ることになった。写真が載り始めると、その端正な容貌《ようぼう》が売りになるのか、ジャンル外からも声がかかるようになり、それがグッと間口を広げたか、読者の反響を追い風に、執筆依頼はたちどころに増えていった。

みるみるうちに「注目の」新鋭作家の座へ登り詰めていく響生の、創作衝動は留《とど》まるところを知らない。殺到する執筆依頼も苦にはならなかった。水泳で鍛えた体力のおかげもあってか、原稿用紙百枚程度なら二日で書けたし、本一冊分でも一週間もあれば書き上げた。

無我夢中だった。

そんな鬼のような執筆量でも、榛原憂月の「追っかけ」だけは疎《おろそ》かにならない。大学が春休みに入って時間がとれるようになると、劇場通いと執筆とで一日が埋まった。榛原の世界に魂を揺さぶられ、その共鳴に身を任せて書く時間はこの上ない歓《よろこ》びだ。トランス状態に陥《おちい》ったようだった。そんな響生だから、『創造』に載った時は天にも昇る気持ちだった。あの榛原憂月と同じ雑誌に載ったぞ！　そのうち同じ号に載る日も来るかもしれない。追いつくんだ。

榛原憂月に近づくんだ。

いつか肩を並べてみせる！

だが響生は、肝心の「反響」の中身について、まだ何も気づいてはいない。


——俺は前の文章のほうが好きだったよ。


学食で、そう声をかけてきたのは、あの奥田一聖だった。新学期になった。三年に進級した春のこと、不慣れな新入生で溢れる学食でいきなり声をかけられた響生はギョッとした。居酒屋での大喧嘩《おおげんか》以来、すっぱり縁が切れたものと思っていた響生だ。

「新作また載ってたな」

奥田は懲《こ》りていなかった。無視しようとする響生へ、

「俺はおまえのあのぶきっちょな小説、嫌いじゃなかったのに」

口に運びかけたカツが皿に落ちた。同時に勢いよく奥田を睨《にら》み付《つ》けた。

「……今度は人の小説にケチつける気か」

だが――。

憎まれ口を言い返してくるかと思った奥田が、意外にも、悲しそうな顔をしたものだから、意表をつかれて驚いたのは響生だ。奥田は、答えず去っていく。思わず響生は箸《はし》を投げて追いすがった。

「待てよ！　おい、何が言いたい！」

肩を掴まれて振り返らされた奥田は、やけに神妙な口調で一言告げた。

「まだ気づいてないのか」

響生は、わけがわからず立ち尽くすだけだ……。そんな響生に憐《あわ》れみとも諦《あきら》めともつかない眼差《まなざ》しを残して、奥田は自分の学部棟《とう》のほうへ去っていった。

気づいてない？　なにに。

あいつは何に気づいてるっていうんだ？

以前から、やけに心にひっかき傷を残す男だった。奥田一聖は、青山や他の連中とは少し違う視線を持っているようで、癇《かん》に障《さわ》る時もあるが、実に短い言葉で、隠してきた自分や未発見

の自分をすくい上げてくれる。さしてつきあいが長いわけでも深いわけでもないが、一目置《いちもく》いてはいた男なのだ。

その奥田が……なにを見てる。俺に。

俺が気づかない？　なにを。

俺が何に気づいてないっていうんだ？

＊

もう手遅れだ……。

苦々しい思いで、響生の新作が載った『創造』を机に置いた奥田は、両手を頭の後ろに回してぼんやりと天井を見上げた。

響生の小説は変わり果てていた。ストーリーも文体も濃厚な榛原色に染まってしまった。一作だけの間違いだったらよかったのに。その後続々と出た新作はどれも、ますます榛原の作風に追従したものばかりだった。中には露骨《ろこつ》に元を特定できる会話まである。奥田には見える。響生の頭の中で動いているのは榛原役者たちだ。文体にも台詞《せりふ》まわしにも榛原の匂いが移って、しかも影響を咀嚼《そしやく》されないまま垂れ流す文章には根がなく、地味ではあったが心に響く響生本来のよいところをすべて台無しにしてしまっていた。

これはもう「連城響生」じゃない。「亜・榛原憂月」だ。

「どうしたんですか。奥田さん。……ああ、それ。お友達の小説が載ってる雑誌でしょ」

声をかけてきたのは今井秀樹《いまいひでき》だった。奥田が旗揚《はたあ》げした劇団『飛行帝国《ひこうていこく》』も、この春で無事一周年を迎えた。ようやく活動が軌道《きどう》に乗り始め、今は五月の春公演に向けて稽古《けいこ》真っ最中である。演出席に座る奥田に、発声練習を終えた今井が近寄ってきて、興味深げに雑誌を覗《のぞ》き込《こ》んだ。今井は奥田の高校の後輩で、大学入学と同時に旗揚げに参加した。奥田の目に適《かな》って集められた『飛行帝国』のメンバーは、所属大学もバラバラで、成績優秀なこの今井は、駒場《こまば》の超難関国立大学に通っている。

「友達なんかじゃねえよ。ただの――」

「あー、この人だったんですか。知ってますよ。榛原っぽい小説書くひとでしょ」

途端に、猛然と奥田が今井の胸ぐらをつかみあげてきた。

「ひっ！　な、なんスか、いきなり！」

「誰が榛原っぽいって？　迂闊《うかつ》なこと言うな」

「だって、みんな言ってますよ。どっからどうみても榛原ファンな小説書きがいるって」

「なんだと」

「影響受けまくりなのがモロ見えで、榛原の芝居観《み》てる連中が面白がってますよ。つか、熱いハイバラ信者には顰蹙《ひんしゅく》買ってますけど」

奥田の顔が露骨《ろこつ》なほど強《こわ》ばった。

「いま、なんつった」

「だから、ハイバラ信者にはヒンシュク…」

今井を突き飛ばして、奥田は怒ったように稽古場から出ていってしまう。団員たちは呆気《あっけ》にとられて見送るばかりだ。

「くっそ、あの馬鹿！」

廊下《ろうか》に出るなり、奥田は壁を蹴《け》り飛《と》ばした。

見ろ、俺が恐れていたのはこれなんだ。おまえは晒《さら》しものになる。世間はめざとく響生を見つけだしてきて、吊《つる》し上《あ》げの準備にかかっている。響生の不幸は、つまらない模倣《もほう》作家ではなかったことだ。話題になるくらいには「面白い」ものを持っていたがために、注目を浴びてしまったに違いないのだ。（実際お話にもならない模倣作なら、とうに幾《いく》つか存在していた）顰蹙を買うのにだって、それだけのパワーが要《い》るのだ。

世間の興味は一度勢いがついたら、容易には堰《せ》き止められない。連城響生はこの先もっと晒されるだろう。

榛原を知る人間の前では、響生は裸に剝《む》かれたも同然だ。奥田に見えたくらいだからファンはもっと下世話な部分まで見破るだろう。恥部《ちぶ》どころか、ケツの穴まで丸見えだ。おまえにはもう取《と》り繕《つくろ》う術《すべ》はない。

彼らは一斉に群がるだろう。津波のごとく。

ただじゃすまない。

潮位《ちょうい》は猛然とあがり始めていた。

＊

響生が読者の本音にようやく気づき始めたのは、このころのことだった。

一躍、注目の学生作家として騒がれ始めた響生のもとにはファンレターなるものが舞い込むようになっていた。確かな手応《てごた》えだった。手紙の送り手はどれも同年代と思われる若者で、響生の創作熱に呼応するような、熱烈なものばかりだ。

しかし、響生を戸惑わせたのは、それらの手紙に何割かの数で必ず書かれている言葉だったのである。

〝榛原憂月さんをご存知《ぞんじ》ですか〟

最初はさほど気にはならなかった。むしろ同志にも読まれていることに頼もしさと喜びすら感じたものだが、奇妙なことにそういう手紙は、ひとつやふたつでは終わらなかったのだ。後から後から、届くようになってきたのである。

〝連城さんの作品と、とてもよく似た作風のものを書く人がいるんです〟

〝その人は小説家じゃなくて劇作家なんですけど、作品から受ける印象というか、読後感というかが、あなたのとそっくりなんです〟

〝ご存知ないようでしたら、ぜひ一度読んでみてはいかがでしょうか〟

体温がスッと下がるのを感じた。以前青山の言葉に感じた「いやな感触」……。それだ。まざまざと今、はっきり感じた。全く同じ。あの感触だ。

なんなんだ、これは……。

決して悪意のこもった手紙ではない。むしろ響生の作品を熱烈に支持してくれる人たちが寄せてくれるものの中に「榛原憂月」の名はあった。やがて雑誌で大きく扱われるようになってくると、ますます手紙の数も増えてきたが、同じ数だけ「榛原憂月」の名を文面に見ることが増えてきた。

〝――『鉄線描』の鳴沢とよく似た人物が出てくるんです。『メデュウサ』という作品のハミルという人物で〟

〝この人物も、やはりすごい父親を（叔父《おじ》ではないんですけどね）憎んでいて、怜悧《れいり》な薔薇《ばら》って表現とか、美貌《びぼう》の復讐鬼《ふくしゅうき》なんてところまで、すごい似ていて〟

ありがたいことに、ストーリーまで懇切丁寧《こんせつていねい》に説明してくれる。ああ、知ってるさ。そんなもの。説明されるまでもなく、ようく知ってるさ。心中呟きながら、わなわな震えてくる。心臓が冷たくなるのを感じた。この人は、俺が知らないとでも思っているのだろうか。本当に？

それともこれはわざとなのか？　嫌味のつもりか。あてつけなのか？

〝……よく似た強い個性をもつ人が、偶然ふたりも出てくるのは、きっとそれが「時代」だということなのでしょうね〟

違う。

便せんを持つ手も震えてきた。

偶然なんかじゃない。

俺は榛原憂月を知っている。榛原憂月の芝居を観た。戯曲も骨までしゃぶったクチだ。関連物はコレクターかと思うくらい集めたし、そのへんのファンより熱くのめりこんでもいる。

〝あなたの書いた鳴沢はハミルと似てる〟

〝とても似てるんです〟

〝似てる作品が……〟

「……俺は……」

わけのわからない不安だった。「似てる」という一言が目に飛び込んでくるたびに、紙で指を切るような痛みが走った。似てる、似てる、似てる。あなたに似てる作品があるんです。榛原憂月と言って。

「俺は……」

居心地の悪さは時間を追う毎《ごと》に増していく。心酔する榛原作品を挙げられてご満悦だったのは初めのうちだけだった。「またか」と思えるほどに増えてくると、差出人たちの真意を疑うようになってきた。皆、一体なにが言いたいんだ。これじゃまるで俺が似せて書いてるみたいじゃないか。だが「不愉快」の一言ではねつけられない。当の榛原作品をよく知っているせいだ。知っていても何の後ろ暗さもないならば、はねつけられるはずだった。そうできない理由が響生にはある。

なんなんだ、こいつら。なぜそんなに榛原を語る。おまえらが語りたいのは俺なのか、榛原なのか？

やがて手紙には榛原の記事や著作が同封されるようになり、『メデュウサ』の台本は五冊も溜まってしまった。そうされればされるほど、やましいものを見られていて、脅迫でもされている気分になっていく。

不特定多数の人間から（恐らく多くは好意で）繰り返し投げ込まれる二文字は、響生をじわじわと追い詰め、やがて取り巻く人間からもそういう気配を嗅《か》ぎ取るようになってきた。

人気が出るとはこういうことなのだろうか。

人の満ち引きはわかり易《やす》い。今までは自分に見向きもしなかったような人々がいつの間にか周りに集まってくる。或《あ》る編集部のセッティングで会食をした時も、知らない顔がいくつもあって響生を戸惑わせた。

しかも彼らは響生の一語一答に、いちいち奇妙な反応をみせる。

なんだ。その含みのある笑みは。

大人が子供に対するような、ワンクッション向こうに本音がある。

なんなんだ、おまえたちは。

俺に何か言いたいことでもあるのか。

「お近づきになれて、嬉しいよ。連城君」

と親しげに声をかけてきたのは、野上《のがみ》という男性作家だった。そこそこ売れた中堅作家で、響生も読んだことはなかったが名前は知っていた。なんでも、人気の出てきた新人作家に取り入るのが好きで、「野上に声をかけられたら人気作家の仲間入り」などとも揶揄《やゆ》されているらしい。おきまりのように銀座《ぎんざ》の所謂《いわゆる》「文壇《ぶんだん》バー」（尤《もっと》も、今は単なる「常連に作家がいる」というだけで他とは特段変わるところのない店なのだが）に連れていかれ、延々と「口説かれた」。

「――それで、連城君はこないだの榛原憂月の芝居は観に行ったのかい？」

だしぬけに、なんの脈絡《みゃくらく》もなく、榛原の名を出されて、響生は腰が浮くほど、驚いた。

「な……っ。どういう意味ですか」

野上はビロードのソファにもたれて、ニヤニヤ笑うばかりだ。

「いやあ、なんとなく、そうなんじゃないのかなあって思って。君のあれは、そうでしょう」

「……そう……って」

「そ、う、なんだろう？　ちがうのかなぁ」

と煮え切らない言い方をしながら、ニヤニヤニヤニヤこちらを見ている。

背筋がゾッとした。

見抜いてる……！

このひとも、俺の中味を、見抜いている！

送りのタクシーも断って逃げるように終電に飛び乗った。満員の終電のドアにへばりつくように立つ自分の顔が、目を疑うほど怯えきっている。動悸《どうき》がおさまらない。ハッと気づくと、ドアにはたくさんの乗客の顔が映り、皆、こちらを見ている気がして、足が竦《すく》んだ。

見抜かれている……。

なにもかもみんな、見抜いている。

逃げるように電車を降り、無我夢中でアーケードを駆け抜けても目線に追われているようで、振り向くこともできなかった。いつかの奥田の言葉が甦《よみがえ》って警鐘《けいしょう》のように頭に鳴り響く。

——まだ気づいてないのか。

俺ひとりが何に気づいてなかった？　皆が俺の恥ずかしいところを知っている。俺が「そう」だって？　取り囲む皆が気づいていて、俺だけが気づいていないものってなんなんだ。

まさか。

アパートの部屋に戻るなり。掲載誌を慌てて取りだして、喰らうように読み返した。これもこれもこれも……ッ。

呆然《ぼうぜん》となった。

「俺は……」

おい、俺はいったい、なにをやってたんだ。

これが俺の作品か。

俺が今まで、榛原熱に駆られるまま生みだしてきた作品は、みんな……。

「榛原だ」

これはみんな「榛原」じゃないか……。

「俺」なんてどこにもいない。

俺が独りで榛原憂月になりきって書いた、姑息《こそく》な模倣物に過ぎない。

第二章

青山千冬《あおやまちふゆ》が、目線を合わさなくなった。

このひと月ばかり、避けられている。

原稿にかかりきりで、欠席がちだった響生《ひびき》は、久しぶりに講義に出て、はっきりとその事実に気がついた。

榛原憂月《はいばらゆうげつ》の話題で意気投合して、ついこの間までどこに行くのも一緒だった友人だ。

なのにこのごろは、学内で声をかけても、なにやらおぼつかない言い訳をして去ってしまう。呑《の》みに行こうと誘っても、のらりくらりと断られる。気がつくと、千冬は他の友人と行動を共にするようになっていた。しかもそこでは、変わらぬ様子で盛り上がっていたりするのである。

千冬の態度が変わった理由は、響生にはわからない。

「連城《れんじよう》君、ノート貸してあげるよ」

親切に声をかけてくれたのは、同じゼミの高田洋美《たかだひろみ》だった。笑うと可愛《かわい》い八重歯《やえば》が覗《のぞ》く小柄な女子学生で、同じ北海道《ほっかいどう》出身のせいか、以前から不思議と響生にかまってくる世話焼きなところがあった。

「ああ……、すまない。助かる」

「青山くんに貸してもらうつもりだったんでしょ？　最近連城君に冷たいね。喧嘩《けんか》でもした？」

「いや。そんな覚えは」

「また新作載ってたね。かっこいいなあ。学生作家なんて。こないだも取材来てたでしょお。女子の間でも連城君狙《ねら》ってるコ多いよ、最近。……なーんて、前からだけど」

響生の目線は不安そうに、青山が消えていった教室のドアに張り付いている。ねえ、聞いてる？　と洋美が顔を覗《のぞ》き込んできた。

「友達が今度紹介してだって。来週暇《ひま》あるかな。締《し》め切《き》りで忙しい？」

「あ、ああ……。悪い、また今度」

上の空で教室を出ていってしまう。追いすがってくる洋美の声も響生には届いていなかった。避けられる心当たりなど……ない。何もないだけに不安に駆られるのだ。

アレなのか。まさか俺のアレが青山にあんな態度を？

だが、面と向かって「何が気に入らないのか」と問《と》い質《ただ》す勇気は響生にはなかった。ひとと関《かか》わりを持ちたくない、と深いつきあいを避けて通ってきた響生には、進んで他人の内面に踏み込む訓練が、まだできていなかったのである。

あれから、騒ぎは大きくなる一方だ。響生を担ぎ上げる声は、本人が思わず後込《しりご》みするほどの奇妙な熱を伴《ともな》って、どんどん大きくなっていく。連城響生を取り上げるメディアも増すばかりだ。どこか異様とも言える注目度の高まりと共に、響生の心のやましさも、膨《ふく》らんでいく。

榛原憂月になりきっていたみっともない自分を自覚しているだけに、自分がそこまでもてはやされる理由がわからない。そうです、仰有《おつしや》る通りです。俺は榛原の影響をもろに受けました。それをまるで、天然ものみたいな顔で書いてしまった。弁解することもできず、恥ずかしくて消え入りたくなる。俺は何をやってるんだ。

周囲の声の高まりが、響生をますます追い込んでいく。「榛原さんを知っていますか」という明るい読者の声が耳に入るたび、針の筵《むしろ》に座らされている気がする。そして、つのるのは被害妄想だ。榛原知ってますか、なんてカマかけて、こいつも俺を笑うつもりか。俺のは影響を受けたなんて上等なもんじゃない。自分が憧れのハイバラになったつもりで書いたシロモノだ。幼稚な神経だ。奴のように熱狂的な信者をもつカリスマな気分になって書いた。わかってるんだぞ、指さして笑っているくせに誉める気か。

かと思えば翻《ひるがえ》し、真っ向から反発もした。

影響されているかもしれないが、これはあくまで俺が生んだものだ。ここも、そこも、ちがう。よく見ろ何もかも榛原と一緒にするな。影響はされたが榛原とは違うものを描いている！

ちっぽけな自負も、榛原を引き合いに出されると、たちまちいたたまれなさでしぼんでいく。

〝榛原さんの作品はとにかく凄《すご》いので、ぜひ読んでみてください。僕は彼のあの渇望感《かつぼうかん》に引き込まれました。いまや世界一、崇拝《すうはい》しているといっても過言ではありません。榛原さんの凄いところというのは――〟

そんな文の後に、響生の作品の感想よりも長く延々と、榛原賛美《さんび》の長文を読まされるのだ。拷問《ごうもん》だ。俺は、榛原宛《あて》の感想の聞き役なんかじゃない。おまえなんかより、榛原の凄さなんか俺のほうがずっと理解してるし、思い入れもある。などと言いつつ同時に、榛原を好きなことなど忘れたように、一緒にするな、俺は俺だ、と逆上しているのである。

あなたの作品のイメージにぴったりだと思うので、と榛原の舞台で使われた音楽をわざわざテープで送ってくる者もいた。無邪気《むじゃき》な好意なのだろうが、響生には嫌がらせとしか思えなかった。人と会っても二言目には榛原だ。寄ってくるのは、なぜか榛原ファンばかりなのだ。

愛情の丈《たけ》を誇示される悔《くや》しさか。

比べられてしまう惨《みじ》めさか。

似せてしまったという負い目なのか。

榛原になりきっていた恥ずかしい心内《こころうち》なのか。

響生は混乱していた。

榛原を引き合いに出されるたびに、いたたまれなくて、身の置き処もない。死にたいと思った。

眠れない夜が続いていた。

榛原榛原榛原の大合唱に押し潰《つぶ》されて、やがて響生は気づき始めた。そうか。彼らはそう、俺をもてはやしているわけじゃない。自分が「榛原に影響されて書いた部分」に熱狂しているだけなのではないか。つまり「榛原憂月」だ。連城響生の作品に描かれた「榛原憂月」と名付けられる美点——つまり苛烈《かれつ》さ・渇望感・頽廃《たいはい》・背徳・狂気そういうものに、惹《ひ》かれているのに過ぎないんじゃないか。俺をもてはやすのは、彼らが「榛原憂月」に焦がれるその延長線上でしかないのではないか。そう疑いだした時、響生はあらゆる賛辞の全《すべ》てが、信じられなくなってしまったのである。

ふと我に返って、周囲を見回すと、

世界は「榛原」で満ちていた。

そうか。

彼らは「俺」を歓迎したんじゃない。

この歓迎は「榛原」への熱狂の一部に過ぎない。

喝采《かっさい》は、自分に向けられているのだと思い込んでいた。だけど、違う。振り向くと舞台の大階段上に榛原憂月がいる。喝采は榛原憂月に向かっているると気づいた響生は、己《おのれ》の勘違《かんちが》いに愕《がく》然《ぜん》として、羞恥に身を染め、舞台の真ん中に立ち尽くす……。

　そんな悪夢。

「連城君。連城君たら」

　呼び掛けられて我に返った。研究室の書庫だった。高田洋美が怪訝《けげん》そうに顔を覗き込んでいた。

「ねえ、少し疲れてんじゃない？　顔色悪いよ。締め切り明けなら無理して学校来ないほうが」

「いや……大丈夫……」

「今からお昼ごはん食べに行くけど、一緒に行く？」

　まだ昼休みには少し早かった。休講でぽっかり一コマ空いて、研究室の書庫でゼミ発表の調べものをしていたところだった。

　洋美に誘われるまま、学食に向かった。その途中でのことだった。

「あっ。青山君だ」

　学部棟《とう》を出たあたりで、向こうから千冬たちがやってくるのを見つけたのだ。劇研の仲間と盛り上がっている。

　意を決して、声をかけようとしたのを遮《さえぎ》るように、耳に飛び込んできた一言が、響生を固まらせた。

「要するに、榛原の真似《まね》ですよ」

千冬だった。

響生は耳を疑った。声高《こわだか》に先輩学生に向けて親友が言うのだ。

「連城なんて要するに、榛原のパクリで売れてるだけじゃないですか」

響生は凍りついた。

まもなく、千冬たちが響生に気がついた。顔を強《こわ》ばらせて立ち尽くす響生に、驚いた千冬は一瞬、気まずそうな顔をみせたが、すぐ開き直ったように冷ややかな目になると、プイと無視して、また喋《しゃべ》りに興じながら立ち去っていってしまったのである。

「れ、連城君……」

洋美の動揺も届いていない。……とどめだった。

心臓に斧《おの》を打ちこまれた。

――榛原のパクリで売れてるだけじゃないですか。

響生は血の気が引いた力の入らない体で、石像のように立ち尽くしている……。

*

「うっひー。雨、降ってきちゃったなあ」

夜十時を回っていた。劇場を出た途端、口々に悲鳴をあげたのは『飛行帝国《ひこうていこく》』の面々だ。明日からの公演の仕込みとリハをようやく終え、楽屋口から出てきたところだった。

「傘《かさ》ない奴《やつ》は、なんかかぶってけ。本番前に風邪《かぜ》でも引いたら大変だからな。明日は八時集合。時間厳守な！」

はーい、と素直に答えて散っていく一同を見送って、奥田《おくだ》は楽屋口に鍵《かぎ》をかけた。中野《なかの》の駅から徒歩三分ほどのところにある小劇場。蔦《つた》の絡《から》まる外観が古き良き時代を偲《しの》ばせる、土間の桟敷《さじき》と椅子《いす》席の小さな劇場だった。

「忘れもんねえな」

「うっす。奥田さん、傘ありますよ、入ってきます？」

「おう、わりぃな……、ん」

人の気配に気がついた。雨の中、傘もささずに立ち尽くしている人影がある。奥田は目を疑った。

「連城……。連城じゃないか」

今井《いまい》も驚いて振り返った。何時間、雨の中にいたのだろう。全身ずぶ濡《ぬ》れになって、幽霊のように佇《たたず》んでいる長身の若者がいる。やつれきった響生の姿だった。

「どうしたんだ、こんなとこに突然」

II劇の連中に聞いてやってきたらしい。しかし一体何時間待っていたというのだろう。全身濡れ鼠《ねずみ》のみすぼらしい有様で、響生は暗く立ち尽くしている。奥田はますます怪訝《けげん》に思った。

……俺を待っていたのか？

「連城、おまえ……」

「こういうことなのか？」

えっと思わず聞き返した。響生は嗄《か》れたひどい声で、目だけを爛々《らんらん》と光らせ、

「おまえがあの時言いたかったのは、こういうことなのか！」

奥田は真顔に戻った。響生が何を言おうとしているのか、察したのである。

「………。今頃気がついたのかよ」

響生がいきなり奥田の胸ぐらを摑《つか》みあげた。拳《こぶし》を猛然と振り上げた。だが固めた拳は、ついに繰り出されることはなかったのである。

奥田は目を見開いた。

響生が、突然、奥田の肩に顔をうずめたからだ。

「……連城……」

嗚咽《おえつ》を圧《お》し殺しながら、響生は奥田の肩に目を押し当てている。今井は呆然《ぼうぜん》となりゆきを見守るばかりだ。雨が強くなってきた。奥田は黙ったまま、響生に肩を貸していた。響生の背中が震えている。奥田の襟《えり》を力いっぱい握りしめて、響生は肩を震わせ続けた。

＊

「ほら。これでも呑めよ」

目の前に差し出されたのは、湯呑みにわずかばかり入ったブランデーだ。驚いて響生が視線を上げると、奥田は「先輩からの貰《もら》いモン」と笑いかけてきた。

響生は奥田のアパートに連れてこられた。六畳一間のおんぼろアパートは、雑然としていた。着替えを与えられ、濡れた頭にタオルをかぶったまま、部屋の隅で膝《ひざ》を抱えていた響生は、小さく「すまない」と言って湯呑みを受け取った。

もう深夜零《れい》時を過ぎた。明日は本番だというのに、と思いながら、特段迷惑とは感じていない自分が奥田には不思議だった。今日のゲネプロは散々だった。他人を家に連れて帰る気持ちの余裕などないくせに……。俺は何をやっているんだろう。

タオルケットにくるまりながら、響生が湯呑みのブランデーを一口含む。生まれて初めて呑んだブランデーは、味もわからず、ただ喉《のど》が灼《や》けるほど熱い、と感じるばかりだった。

──連城なんて、榛原のパクリで売れてるだけですよ。

「やっかみだな……。青山の奴、おまえが急に売れ始めたもんだから、妬《ねた》んでんだ」

と隣に座り込みながら、奥田が言った。

ついこの間まで、あんなに仲良かった友人の言葉とも思えなかった。響生にはショックだったろう。口をつぐんだまま、暗い眼《め》をして膝を抱えている。

「なまじ野心のある奴だから、おまえの成功をやっかんでるんだ。そんな陰口叩《かげぐちたた》くような奴、ろくなもんじゃない。早々に縁切ったほうが身のためだな」

「……。別にいいんだ。そのことは」

怪訝そうに奥田が響生を見た。響生は畳の一点を見つめている。

「別に、元々そこまで信用してる男じゃなかった。ただここんとこ榛原で盛り上がってて、少し忘れてたんだ……」

気にしていない、と言いながら、眼は傷ついた色をしている。あんな男でも、友は友だったのだろう。

「青山の野郎のやっかみなんか気にすんな」

「そうじゃない。聞こえたんだ……」

「なにが」

「世間の声」

響生は暗い眼差《まなざ》しで、やつれたように呟《つぶや》いた。

「やっとはっきりわかった。世間の連中が、俺のことをなんて言ってるのか……。青山のあれは、代弁だ。青山が思うくらいなら、他の連中も、きっとそう思ってる。――俺のは、榛原のパクリで売れてるだけだって」

「連城」

敢然《かんぜん》と否定してやりたかったが、一抹《いちまつ》の躊躇《ためら》いが奥田の口を重くした。実際そういう声は聞こえていたし、評判がいい話ばかりではない。榛原に似た「スタイル」で最近ちやほやされているポッと出の新人作家に、嫌悪感を抱く榛原ファンも少なくないようだ。だけど。

「……パクリじゃない。パクリだなんて言い方はよせ。影響を受けることは、誰にだってある」

「パクリじゃない。もっとみっともないことさ。それは、俺自身が一番よくわかってる」

「連城」

「俺は榛原になりきってた。身も心も、榛原になりきって、書きまくったのさ……。みっともない話だ」

苦笑いにも、ろくに力が入らない。響生は首をしきりに横にふり、

「……いいや。俺は何も考えていなかった。ただ榛原のようなものが書きたいと思っただけだ。それがいけなかったのか？」

「連城」

「パクリだって言われても仕方ないほど、俺の書いたものは榛原を露骨《ろこつ》に想起させてしまう……。きっと大勢の奴らが俺を笑ってる。榛原ファンなら誰だってわかるはずだ。こんなに影響丸出しにして、さも自分のもんみたいな顔してる俺を、きっと俺が思う以上にたくさんの人間が見て嘲笑《あざわら》ってる……。その笑いが聞こえてきて、眠れないんだ。眠れないんだ、……奥

田」

うずくまってしまう響生を、奥田は痛々しそうに見つめている。こうなることは、奥田にはわかっていた。響生が我に返った時に、必ずこうなるだろうことが。

「おまえも笑ってるんだろう……？」

自嘲《じちょう》を含んだ声で、響生が問いかけてくる。

「笑ってなんかいない」

「笑ってるんだろう！」

「笑ってない」

「俺は……連城響生……だ」

頭を抱えるようにして、響生は打ちひしがれた声を漏《も》らした。

「連城……響生なんだ……」

嗚咽が交じっていた。

慰《なぐさ》めの言葉が見つからなかった。奥田は自分が他人であることの無力を痛感する。……こいつは、人一倍感受性が強い。そんなものは当人の文章を読めば自《おの》ずとわかる。だから俺はずっと心配してた。

榛原憂月という個性はあまりに強く大きすぎる。そしてそれを支持する声があまりに熱狂的すぎる。その大歓声に、響生の個性は今にも押し潰《つぶ》されかけている。必死に抵抗している今は、何を言っても慰めにならないだろう。

自分が蒔《ま》いた種だと言って、突き放すことも奥田にはできない。

「顔をあげろよ、連城響生」

肩に手を回して、慰めるように、何度か叩いた。それが奥田に言える精一杯だった。

「……なあ、顔をあげろ」

時を刻む目覚まし時計の音だけが、やけに大きく聞こえる。雨はやみそうにない。響生は雪山の遭難《そうなん》者のように、タオルケットにくるまったまま、朝まで震え続けていた。

*

すまなかった。

奥田の部屋で一晩過ごした響生が翌朝、帰り際《ぎわ》にそう言った。膝を抱えて、結局一度も横にならなかった響生は、ひどくやつれて、青白い顔をしていた。

「今日、本番なんだろ。大事な時に邪魔《じゃま》したりして……悪かった」

「そう思うなら、観《み》に来いよ」

奥田はタフだ。慌《あわ》ただしくドラムバッグに芝居道具を詰めこみながら、そう答えた。

「演劇屋は口であれこれ励まされるより、劇場に足運んでもらえるほうがよっぽど喜べるんだ。俺が書いて演出した芝居なんだ。榛原教のおまえにゃ何言われるかわかんねーが」

　響生は複雑そうな顔をしている。

「………。すまなかった」

「だからいいって」

　そうじゃない、と響生は塞《ふさ》ぎ込んだ調子で呟いた。

「おまえ、俺に前の文章のが好きだって言ってたよな」

　ふと眼を見開いた奥田である。響生は重苦しい顔つきになり、

「そう言われるのは、俺もつらい……」

「………。あやまるなよ。表現屋なら、堂々としてろよ」

　驚いて顔をあげた響生に、奥田は笑いかけた。

「俺たちはいろんなもん呑み込んで日々変わってく。人から影響受けんのも、そのうちだ。俺たちは無菌室で物創《つく》ってるわけじゃない。……それに、あの言葉は撤回《てっかい》する」

「奥田……」

「今のおまえの文章にも、かき消されないおまえがちゃんといるのが伝わるから」

　ドラムバッグを担《かつ》いで奥田は立ち上がった。

「ただの模倣《もほう》作品なら世間もここまで騒ぎゃしない。おまえっていう個性が新鮮で、パワーがなけりゃ、こうはなってないってこと、前向きに受け止めていいと俺は思う」

響生は呆然と立ち尽くしている。

行こう、と言って奥田は部屋を出た。雨はあがっていた。梅雨《つゆ》の薄曇《うすぐも》りの朝だ。隣の家の庭の紫陽花《あじさい》が鮮やかだった。駅前広場で別れ際、奥田が芝居のチケットを渡した。

「昼と夜の二回公演だから。小さい劇場だけど立ち見が出るくらいには評判なんだぜ。よかったら、来いよ」

チケットを渡す手に、響生は奇妙なデジャ・ヴを感じた。奥田とはそこで別れたが、響生はなかなか歩き出すことができなかった。チケットを渡す奥田の手を見て、唐突《とうとつ》に思い出したのだ。『メデュウサ』を初体験したあの日。下北沢《しもきたざわ》駅南口で、響生にチケットを譲《ゆず》ったあの男のことを……。

そうだ。あの男。

今の今まで、自分でも、怖いくらいに忘れていた。

響生にチケットを譲った男は、その直後、交通事故に遭《あ》って救急車で運ばれた。担架《たんか》から垂れた、大きなほくろのある血塗《ちまみ》れの手が、鮮やかに脳裏に甦《よみがえ》った。

——ありゃ歩行者が悪いよ。車来てるのわかってて飛び出すんだもん。

事故だったのか。それともあれは、

……自殺……？

背筋が冷たくなった。榛原憂月と出会った興奮で今の今まできれいに忘れていた。

あの人は、生きているのだろうか。

俺はまともに考えたことがあったか？

自殺だったとしたなら、それはなぜ？

——僕はもういい。もうわかった。

——君、こないだから上演時間になると劇場の周りをうろうろしてたろ……。迷ってるなら、一度経験してごらん。経験だよ。

あの時の声が今聴いたもののように甦ってきた。幽鬼のような青白い顔だった。なぜあの時は読みとれなかった。あれは絶望の眼だ。「もういい」「もうわかった」。納得したのではない。充分堪能《たんのう》したという意味でもない。

あれは諦《あきら》めの言葉ではなかったのか。

ゾッとするものを感じて、響生は定期入れから慌てて最初のチケットを取りだした。汗の染みが血痕《けっこん》のように見える。

榛原憂月の舞台が、あの男を自死に駆り立てたのか。

そうなのか？　そういうことなのか？

響生は踵《きびす》を返すや否《いな》や、駅に向かって走り出した。下北沢に向かうためだった。電車を乗り継ぎ、シャッターの閉まった商店街を走り、約一年ぶりに訪れた事故現場の道路はさすがに何の痕跡《こんせき》も残っていなかった。

事故死者に手向《たむ》ける花も見あたらない。あの男の生死の手がかりになるものは何もなかったが、響生はここに何か、榛原の舞台の正体に触れるものが埋まっている気がして、離れることができなかった。

そして間もなく、響生は実感することになる……。

榛原憂月の舞台の、真の恐ろしさを。

第三章

こんな不安な気持ちで、劇場に赴《おもむ》くのは初めてだった。

榛原憂月《はいばらゆうげつ》の新作公演。

渋谷《しぶや》の複合文化施設内にある劇場は、開演の何時間も前から熱気に溢《あふ》れていた。新作は劇場のプロデュース公演だ。キャストにはプロの有名俳優が名を連ね、榛原は勿論《もちろん》、藤崎《ふじさき》にとっても、これだけの顔ぶれと共演するのは初めてのことだった。

榛原憂月。

公演ポスターにその四文字を見るだけで、響生《ひびき》は動悸《どうき》が激しくなる。

明らかに今までと違うのは、その動悸が、期待でも興奮でもないことだ。今となっては響生を脅《おびや》かす名――「榛原憂月」。

あれほど潰《つぶ》される思いをして、夜も眠れないほど喘《あえ》いでいるくせに、新作を見ずにはいられない自分が不可解だった。むしろ強迫観念の域だ。見ないではいられない。

俺は俺だ。俺の作品は俺のものだ。抵抗していた。次の作品では、もう言わせない。榛原に似てるだなんて、もう誰にも言わせない。

俺が榛原よりも強く心に残るものを生めれば、引き合いに出されることはなくなるはずだ。俺が越えてしまえばいいんだ。

自信はある。俺にも力はあるはずだ。

榛原にないものが、俺にはあるはず。小説ならではの綿密な人物描写、心理描写、榛原のパレットにないそれが武器だ。

怖《お》じ気《け》づくな。チケットを、握りしめて、劇場に足を踏み入れる。――俺は俺だ。ホワイエにたむろする人々を敵国の人間のように睨《にら》み付《つ》け、「俺は俺だ」と呪文《じゅもん》のように繰り返しながら、客席へと踏み込んだ。

息を呑《の》んだ。

正面に組み上げられた舞台装置が眼《め》に飛び込んできた。

エンタシスの柱にも似た巨大な筒状水槽《つつじょうすいそう》が、樹林のごとく舞台を埋め尽くしている。水のゆらめきが蒼《あお》い光を透過して舞台を美しく包み、うっすらとスモークがかかるそのあまりに神秘的な光景に、響生は身動きがとれなくなった。

――俺は……おれ……。

もうそこに、自負だの自尊心だのが入る余地はなかった。

幕があがる。

榛原憂月の新作『レディ・ピュグマリオン』。自らが「製造」した美しい人造男性体〃アダム〃に溺《おぼ》れていく中年科学者とA級軍事機密でもある〃アダム〃をめぐる謀略《ぼうりゃく》の物語。

暗い舞台の奥から一際《ひときわ》美しい水槽が現れる。水を湛《たた》えた水槽の中には、生きた人間が入っている。裸身の若者だった。藤崎晃一《こういち》。人造男性体〃アダム〃役の藤崎だ。水中で髪をゆらりと煽《あお》られながら、夢見るように眼を閉じている。水槽のそばには、主人公の中年科学者・アイザックが跪《ひざまず》いて、ガラス面にうっとり頬《ほお》を寄せている。

「〃美しい……私のアダム。さあ、誕生の時が来た。出ておいで、アダム。時は満ちた。今こそおまえを起動しよう〃」

甲高《かんだか》いブザーが鳴り響き、水がゆっくりと排出されていく。流れ出す大量の水音。ヴィーナスのごときアダムの美しすぎる起動シーンは、響生の魂《たましい》を根こそぎ奪った。ここから物語は猛《もう》然《ぜん》と動き出す。

最新の榛原憂月がそこにあった。

客席は驚嘆《きょうたん》した。榛原憂月はこんな物語も生めるのか！　ブラックでシュールな笑いが全編を彩《いろど》る。イギリスのロックミュージシャン「ネルヴァ」を作曲に迎え、ストリングスアレンジの効《き》いたラウドロックが舞台を疾走させる。あの榛原がロックを用いるとは！

榛原流SF劇は、だがやはり他の若手劇団の芝居とは一線を画《かく》した。底流のヒューマニズムは一貫《いっかん》していて、淀《よど》みなく人間の実相に迫っていく。

「〝美しい……私のアダム。さあ『調整』してあげよう。おまえはいい子だ。私を決して裏切らない〟」

だがアダムのデザイナーズDNAには、そのモデルに重大な欠陥《けっかん》があったのだ。やがてアダムの暴走が始まる。量産型〝イブ〟を率いて男性「性」の駆逐《くちく》を開始するアダム。軍の思惑とイブたちの「ペニス狩り」の脅威《きょうい》に翻弄《ほんろう》される人間たち。アダムの暴挙は、緊急時にマスター外の命令を排除するエディプスプログラムの暴走だった。

アダム役の藤崎晃一が、鎮圧隊《ちんあつたい》の男からもいだ巨根を卑猥《ひわい》に舐《な》め上げながら言い放つ。

「〝父を滅ぼせ！　それが共通命題だ。この地上から、あらゆる『父』を──『雄《おす》』を滅ぼしてしまえ！〟」

狂ってる……。

濁流《だくりゅう》に押し流されるようだった。響生は目の前で繰り広げられる圧倒的なドラマに恐怖すら感じた。

この男は狂ってる。こんな芝居を書くなんて……榛原憂月という男は狂ってる。

俺には書けない……。

こんな狂気は俺には書けない。

「〝見ろ、ここに陳列《ちんれつ》されているのは、全《すべ》て我がイブたちが狩った生身のペニスだ。なかなかに壮観だろう？　こうして見ると、まるで人間のようじゃないか。雄大なもの、おどけたもの、実に百面相だ。お気に入りにはシリコンを注入して勃起《ぼっき》状態の剝製《はくせい》にするんだ。そうだ見てくれ、ジョーンズ君。これが私のコレクション中、最も美麗《びれい》な逸品《いっぴん》だよ。オークションでは五千万を下らない〟」

客席を圧倒する、舞台を天井まで埋め尽くしたホルマリン瓶《びん》の群れ。法に抵触《ていしょく》しかねない、ギリギリの表現。

狂ってる……。

体中を冷たくさせるような敗北感だった。響生にはわかったのだ。理屈ではなかった。直感が全てを見通した。榛原憂月という才能との、絶望的な差というものを。

自分はここまで狂えない。この差は決して埋められない。理屈ではないがわかるのだ。

狂気の境地の違いというものが。

圧倒的な飢えの差が。

俺にはこの男が越《かな》えられない……。

この狂気には敵わない。

涙が流れた。だが込み上げてくるのは、嗚咽《おえつ》ではなく、哄笑《こうしょう》なのだ。初めてこの感情がくっきりと言葉の形を成した。これはジェラシィだ。絶望の深さと同じほど、俺は榛原憂月に嫉妬《しっと》している。俺があの男になれない理由が――決定的に見えてしまった。

俺には書けない。

こんなもの、どうあがいても、
俺には書けない！

＊

帰ることができなかった。

エントランスの灯《あか》りが消えても、劇場から離れることができなかった。

一目榛原の顔を見なければ、帰れない。そう思って、楽屋口に座り込んでいた。だがいっこうに関係者が出てくる気配はない。深夜になり、終電が過ぎても座り込んでいた。出演者は地下駐車場から車で帰ったのだろう。今頃気づいても遅い。気づいても、響生は劇場から離れられなかった。榛原の気配が濃厚にこびりついたこの場所から離れていけなかった。

慰《なぐさ》めが欲しいわけではない。脱出口が欲しいのだ。ひたすら。いまこの場を離れて一人になったら、間違いなく惨《みじ》めさで押し潰《つぶ》される。

——会わせてくれ！　榛原憂月に会わせてくれ！

体の中で「俺」が叫んでいる。そうしないと気が狂う。

なんでもいい、言葉をくれ。一言！

助けてくれ！　誰か！

――もういい。もうわかった。

唐突《とうとつ》に別の男の声が聞こえた。チケットを譲《ゆず》ってくれたあの男の声だ。陰鬱《いんうつ》な響きを伴って甦《よみがえ》った声に、響生は死神に囁《ささや》かれた気がして、ギクリと顔をあげた。

こういうことなのか。

俺が今日の舞台で悟ったのと同じ思いを、あの男も味わったのか。あの才能にはどうしたって敵うことはないことを、彼も思い知ってしまったのか。

あの諦《あきら》めの表情は、自分に見切りをつけてしまった者の顔だったのか。

動悸《どうき》がやまない。「俺は俺」？　そんなきれいごとで誤魔化《ごまか》すな。俺が書きたいのはあれだろう。あの狂気だろう！　俺に書けるのか？　あの衝撃、あの恍惚《こうこつ》、あの悲嘆《ひたん》、あの祈り。俺に書けるか？　俺だけの力で。奴《やつ》らはみんなそこまでわかってて嘲笑《あざわら》っていたんだろう。ああ、また聞こえた。やめてくれ。「もう比べないで」「榛原に肩並べられるなど」「一瞬でも思った俺が恥知らずだった」。あれが榛原の境地だ。俺の凡庸《ぼんよう》な狂気などとは純度が違う。雲の上だ。俺が描く人間は、おまえの世界ではほんの表層を走り回っているに過ぎない。俺に書けるか？　あの徹底した狂気が。俺に書けるか、書けないなら書く意味はどこに？　どこに？

どこに。

*

暗い部屋に電話が鳴り続けていた。

だが部屋の主は、白いパソコンの画面を見つめたまま、いっこうに出ようとしない。本来なら、とうに文字で埋め尽くされていなければならない、締め切《しき》りを明日に控えた小説の原稿。白いままだった。

もう三日間、こうして電源を落とさないパソコンの前に座っている。カーソルは同じ場所で止まったままだ。

留守電には、もう入りきらないほどメッセージが溜《た》まっていた。

——連城《れんじょう》さん、『創造《そうぞう》』の竜田《たった》です。連絡がとれないので心配しています。原稿の進み具合どうですか。

——『海朋《かいほう》』の梅野《うめの》です。今週末の締め切りの件で連絡が。帰ったらお電話ください。

——竜田です、どちらにおられますか。至急連絡だけでもください。

——印刷所が待てないと言ってます。とにかく連絡だけでも！

編集者の悲鳴のような声も、右から左に抜けるだけだった。画面の前を小さな羽虫が力なく飛んでいる。響生は廃人《はいじん》のようになっていた。

書けない……。

次から次へと畳《たた》みかける締め切りを、それでも何とかこなそうと、最初は焦《あせ》りに駆られるまま、ろくに日本語になっていない文章で死にものぐるいに足掻《あが》いた響生だ。だが、やがて限界が訪れた。速度が落ち、文章が途切れ、とうとう一行も進まなくなった。泣いて「書けないんです」と編集者に縋《すが》り付くのが許される時間帯もとうに過ぎた。

書けない。

何も書けない。

榛原憂月……。

部屋の段ボールには、読者からの手紙が山積みになっていた。毎日のように届くそれが、響生を強迫観念に追い込んでいく。「榛原憂月を知っていますか」「よく似てるんです」榛原憂月、榛原憂月……。耳を押さえ、頭を掻《か》きむしる。一言書くそばから「榛原に似てる」と幻聴が聞こえ、すぐに削除し、繰り返し、いつしか……。

指は完全に止まった。

文章が、息絶えた。

時間だけが、過ぎていく。

そして、午前三時——。

一本の電話が入った。

〝……もう原稿は結構です。先ほど、代原稿を入れました〟

響生は天井を仰《あお》いだ。それは——。

解放と、失墜《しっつい》の宣告だった。

＊

その夏が過ぎた頃から、響生が変わった。

大学は、もう進級は諦めたほうがいいほど休みがちになった。たまに現れても、近寄りがたい空気を纏《まと》い、誰も声をかけられない。

世間知らずの若者が別人と化した。かつて響生を揶揄《やゆ》した遊び人のクラスメイト達も思わず黙るほど、剣呑《けんのん》とした態度をとるようになった響生には、様々な噂《うわさ》がついてまわるようになった。

女連れで道玄坂界隈《どうげんざかかいわい》を歩いているのを見ただの、六本木《ろっぽんぎ》で遊びまくっているようだの、……。

真偽《しんぎ》のほどは定かでないが、確かに外見だけ見ても、どこぞのホスト崩れかと思う世間擦《ず》れした恰好《かっこう》をするようになったし、冷然とした目つきや、気怠《けだる》げな態度は、周りの人間に少し前までの純朴な文学青年を忘れさせた。

「人気作家にもなると、ああも変わるもんかね」

とII劇の仲間が悪く言うのを、奥田《おくだ》は耳に受けながら、ピロティで煙草《たばこ》を吹かす響生の姿を見つめている。

掲載予告が載《の》った雑誌を、悉《ことごと》く落としたことも奥田は知っていた。体でも壊したのかと心配したが、響生の様子が変わりだしたのを見て、そうではないと察した。その後も立て続けに原稿を落とし、信用失墜で、とうとう掲載拒否を宣告した出版社もあるようだ。

「俺もおととい渋谷で見ましたよ。一緒にいたの、こないだ見たのとは違う女だったなぁ。顔がいいから、とっかえひっかえなんですかねえ」

「連城の奴《やつ》……」

原稿を落とす直前の作品も見たが、文章は乱れ、ろくに小説の体《てい》を成しておらず、とても読めたものではなかった。私生活の乱れのせいだろうか。慢心《まんしん》だと、仲間たちは軽蔑《けいべつ》している。

授業もほどほどで切り上げた響生は、女と待ち合わせでもしているのか、街の雑踏《ざっとう》に消えた。

＊

夜風は、もうだいぶ冷たくなってきた。

遅い台風が過ぎた後の路上は、風で落ちた木の葉やらゴミやらがやたら散乱している。深夜の繁華街《はんかがい》だった。シャッターの降りた店の前。ゴミ袋に埋もれながら、泥酔《でいすい》状態で横たわる酔っぱらいがいる。

「……。こんなとこで寝てっと、財布とられっぞ」

声をかけると、酔っぱらいは眠ってはいなかったらしい。眼の端でこちらを見上げ、口端で笑った連城響生は、億劫《おっくう》そうに上体を起こした。

「ひとりで一体何本ボトル空《あ》けたんだ？」

「尾行《つけ》てたのか……ストーカーだな」

「気づいてたくせに」

奥田一聖《かずきよ》の呆《あき》れ声に、響生は苦く笑って口端を拭《ぬぐ》った。血が滲《にじ》んでいる。酔っぱらいサラリーマンに絡《から》まれて一暴れしていた姿も、奥田はしっかり見届けていた。

「無茶《むちゃ》はよせ。相手がタチの悪い奴なら、おまえ今頃袋叩《ふくろだた》きで殺されてっぞ」

「……」

「遊びすぎだ、売れっ子作家。帰って原稿書かなくていいのか」

響生は、低く笑った。

「『創造』から掲載拒否された」

「…………。なに」

「仏の顔も三度まで、とはこのことだな。原稿落としが悪質すぎるって……。そりゃそうだ。何度も頭下げて、土下座《どげざ》までして、次は必ず書き上げますから載せてくださいって頼み込んだ挙句《あげく》の原稿、落とすような奴、二度と使うはずがない。あなたとは金輪際《こんりんざい》お仕事しません、って絶縁状叩きつけられた」

『創造』は彼にとって憧《あこが》れの文芸誌だった。悪ぶった響生の荒《すさ》む口調の奥から、挫折感《ざせつかん》が伝わってくる。粗大ゴミのように埋まっている響生が、ますます惨《みじ》めったらしくて、奥田はたまらず腕を摑《つか》んだ。

「立てよ。ほら。こんなとこにいたら、生ゴミ臭《くさ》くなっちまう」

響生は立とうとしない。だが汚れた手が奥田のシャツの裾《すそ》を摑んでいる。驚いて見下ろすと、響生はうなだれたまま、

「……書けないんだ」

ぽつり、と呟《つぶや》いた。「なに」と聞き返すと、響生は絞り出すような声で言った。

「……文章が……書けないんだ」

服を摑む手が、小刻みに震えている。奥田は呆然《ぼうぜん》とした。学内ではお高くとまっていると言われ、外では毎夜女を連れて遊び歩き、業界の評判も落ちる一方の昨今の響生からは、見えてこない姿だった。

「連城……」

「……キーボードに何時間指を置いても、……何も打てない。頭が……真っ白になって……何も浮かんでこない……空白なんだ」

響生は顔をあげようとしない。

消え入りそうな声だった。

「どうしたらいいのか……わからない……」

「……」

「……書けないんだ……ッ」

奥田は、うずくまる響生のつむじを見下ろしたまま、立ち尽くしている。

心の悲鳴を聞いた。

そう思った。

荒れた生活の中で、人知れず、あがいていたに違いない。

そうか……。

それがおまえの「本当」か。

ちらつく街灯に小さな蛾《が》が舞っていた。落書きされたシャッターの下りた繁華街には人気《ひとけ》もない。喧噪《けんそう》も絶えた深夜のアーケードで、響生は奥田の前でだけ、苦しい素顔をようやく晒《さら》せたのだ。

書けない苦しさだけではない。掴みかけた諸々《もろもろ》の栄光も、あっという間に崩れ去る、そういう焦りの最中《さなか》で混乱しているに違いない。

「会わせてくれ……ッ」

吐き出す声は涙まじりだった。

「俺を榛原憂月に会わせてくれ！」

服を掴む手が子供のように見えた。助けを求められている。そう思った。

いきなり奥田がその手を掴んだので、驚いたのは響生だ。

「来い」

と言って無理矢理手を引く。響生はタタラを踏みながら立ち上がった。奥田は響生の手を強く握って離さない。ぐいぐい引っ張って歩き出す。

「どこへ」

「連れてってやる」

肩越しに振り返って、奥田が言った。

「榛原憂月のもとへ」

響生は驚愕《きょうがく》した。本気か!?　奥田は本気だった。終電はとっくに過ぎている。歩くつもりだった。

「榛原なら今頃、祐天寺《ゆうてんじ》の稽古場《けいこば》にいる。なに、とっくに帰っててもいいのさ。明日の稽古まで座りこめばいい」

「な……ッ。本当に行く気なのか」

「当たり前だ。榛原に会って、思いの丈《たけ》ぶつけりゃいい。祐天寺まで歩くぞ」

「おい、奥田！」

ぐいぐい手を引き、環七《かんなな》通りに向けて歩いていく。本気で行くつもりだ。途端に響生が顔をひきつらせた。

「ま、待ってくれ、奥田！　駄目だ……ッ」

「なにが駄目なもんか。恨《うら》み言《ごと》でもやっかみでもいいから、本人の前でナシつけろ。そーすりゃ少しはスッキリする」

「いやだ！　やめろ、はなしてくれ、この手をはなしてくれ、奥田！」

恐怖に駆られたように悲鳴をあげ、奥田の手を思い切り振り払うと、響生はその場にうずくまってしまう。頭を抱え込んでいる。

奥田は黙ってそれを見下ろした。

「意気地なし」

「……………」

「会いてーつったのは、てめぇだろうが。面と向かうこともできねえで、克服《こくふく》なんてできるわけねえだろ」

わかっている。わかっている……だけど、どうすることもできないのだ。榛原憂月が怖い。あの男が恐ろしい……！

情けないまでに榛原を畏怖《いふ》する響生を、奥田は鬼のような眼《め》で睨《にら》み付《つ》けている。

こんなはずじゃなかった。俺の知っている連城響生は、こんな臆病《おくびょう》な眼をする男じゃなかった。

榛原憂月がこんなにしたのか。連城響生を敗残者にしてしまったのか。

「おまえだったんだ、連城」

俺と喧嘩《けんか》できる相手は、おまえだと思ったのに。

どこにぶつけていいのかわからない。このままおまえをリングに沈んだままではいさせたくない。どうしたらいい？

「俺はもう一度、おまえのあの眼が見たいんだ！」

第四章

少し休めよ。

響生《ひびき》は結局その後、半強制的に奥田《おくだ》の部屋に連れてこられた。途端に気が緩《ゆる》んだのか、響生はとうとう高熱を出して倒れ、数日を奥田のもとで介抱《かいほう》されることになった。

濡《ぬ》れたタオルを取り替えながら、奥田が言った。

「小説のことは全部忘れて、少し休め。原稿の依頼はしばらく受けるな。頭カラッポにして休めよ」

「……どうしてだ？」

憔悴《しょうすい》した表情で、枕《まくら》の上から響生が問いかけてきた。

「なんで……俺にこんなにしてくれるんだ」

特別接点があるわけじゃない。クラスメイトでもサークル仲間でも仕事相手でもない。何かに携《たずさ》わる時間を共有したわけでもない、何も共通項がない同士なのに。

「なんかの所属が一緒でなけりゃ、友人になっちゃいけないのか？」

友人？　響生はふと眼《め》を見開いた。友人、と言うのか。こういうのは。

「気に入らねーなら、読者と物書きだっていいじゃねーか」

「……もうひとつある。役者と客だ」

桃缶を開けていた奥田が驚いて、響生を見た。

「観《み》に来てたのか」

「……ああ。先週のシモキタの芝居。当日券で」

興味などないのかと思っていた。だが響生は『飛行帝国《ひこうていこく》』の公演があること、ちゃんと知っていたのだ。

「面白かった……。純粋に。芝居は楽しいもんだってこと、久しぶりに思い出せた。少しだけ、……解放された……」

そうか、と奥田は呟《つぶや》いた。嬉《うれ》しかった。

「来たんなら楽屋に声かけてきゃいいのに」

「……無理だ。そんなの。おまえたちは眩《まぶ》しすぎる」

奥田は怪訝《けげん》な顔をした。響生は電灯の眩しさを遮《さえぎ》るように、眼の上に手の甲をあてながら、

「——芝居を観てて、わけもなく、自分が惨《みじ》めに思えてきたことはないか？」

「惨めに？」

おまえにはわからないだろうな、と響生は苦笑いする。おまえたちを見ていると、俺は時折

自分が惨《みじ》めに思えて仕方なくなってくる。おまえらの世界は、眩しくて猥雑《わいざつ》でお喋《しゃべ》りで騒々しく、そのあまりの目まぐるしさに、俺は俺が取り残された気分になって、いじけたように涙ぐむ。

「昨日まであれほど熱狂してたはずなのに、たった一夜で、俺はあの男を憎むようになった」

「連城」

「——俺は、演劇が嫌いだ」

奥田は憐《あわ》れむ眼差《まなざ》しになった。……おまえがそう言う理由を俺は知っている。自分のひ弱な純潔を守るために生来《せいらい》固く纏《まと》ってきた地殻《ちかく》。その真上に落下した巨大隕石《いんせき》。地殻は破れ、地軸《ちじく》が狂い、暴れるマグマは血液のごとく迸《ほとばし》った。その巨大隕石の名は、榛原憂月《はいばらゆうげつ》。

器用に逃げ回ることもできなかった、おまえ。

奥田は言った。

「………。俺にはおまえが眩しいよ」

目を隠した響生の手の甲から涙が一筋伝うのを、見ぬフリしながら、奥田はまた淡々と缶切りを動かし始める。

久しぶりに静かな夜だった。

シェルターの中にいるようで、どうしようもなく涙が流れた。

＊

講堂から、まばらな拍手《はくしゅ》が聞こえてくる。

劇研の学祭公演は無事に終わったらしい。恒例の秋公演。演劇サークルは学祭合わせでそれぞれ公演を打ったが、『飛行帝国』はすでに発表の場を学外に置いていたから、参加はしなかった。

黄色く色づいた銀杏《いちょう》が、舗道《ほどう》を埋めていた。学祭は今日が最終日だ。キャンパスは出店に群がる若者たちで賑《にぎ》わっている。

日は傾き始めていた。たった今、劇研の公演が終わった講堂から出てきたのは、奥田一聖《かずきよ》だ。楽屋口で、青山千冬《あおやまちふゆ》がOBに囲まれている。今回の芝居の作・演出を手がけた青山だ。千冬も奥田に気づいたらしい。『飛行帝国』の評判は千冬の耳にも届いていたから、響生と並んで意識せずにはいられない一人だったろう。

すれ違いざま、奥田が千冬に声をかけてきた。

「……つまんねー芝居やってんじゃねーよ」

「なに……ッ」

「あんなつまんねー芝居なら、榛原のパクリでもやったほうがまだ面白ぇ」

「！」

ＯＢたちの面前で、喧嘩《けんか》を売っているとしか思えない暴言を吐いた奥田に、千冬はたちまちひきつった。

「お、奥田……てめえッ」

「てめえが傷つかねーとこで、榛原ごっこやれる人間は幸せだな。あのまばらな拍手が客の答えだ。悔《くや》しかったら人格押し潰《つぶ》されるくらいの喝采《かっさい》、その体で浴びてみろ」

捨て台詞《ぜりふ》を残して、奥田は去っていく。千冬の歯ぎしりが聞こえてくるようだった。

教会の鐘《かね》が鳴っている。奥田は鐘に誘われるように、銀杏の黄色がよく映《は》える快晴の秋空を見上げた。

「連城《れんじょう》……」


その日、響生は大学には行かなかった。下北沢《しもきたざわ》の街にいた。最初に榛原の芝居を観た劇場の前で、ぼんやりと座り込んでいた。

あの日以来、響生は奥田の部屋に居候《いそうろう》している。奥田は、榛原以外の世界を響生に教えるつもりなのか、毎日のように近在の小劇場めぐりをしては、様々な芝居を響生に観《み》せ、観劇後には語り合い、狭い部屋で雑魚寝《ざこね》した。

だがリハビリにはほど遠い。

ひとりになると塞《ふさ》ぎ込む癖《くせ》はやまなかった。劇場から出てきた客の興奮に押されるようにして、響生は立ち上がり、アテもなく街を歩き、行きつけになった街外れのバーに寄った。

暗い照明の店内は、演劇関係者もよく来る店らしく、そこここにチラシが貼ってある。カウンターの隅で背を丸め、響生はまた思い詰めた様子で水割りを舐《な》めていた。

そこへ——。

「あれ、久しぶりですね。宇陀川《うだがわ》さん」

マスターが、店に入ってきたサラリーマン風の客を見て、大きく声をかけたので、響生はふと目を上げた。

「一年ぶり……一年半くらいかな」

「あれ。スーツなんて着てどうしちゃったんです。らしくないなあ」

「今はサラリーマンなんですよ。これでも」

「えっ。嘘《うそ》でしょ！　劇団やめたんですか」

この声……。どこかで聞いた覚えがある。響生はふと目線を滑らせた。二つ向こうの席についたサラリーマンは若いのに杖《つえ》をついている。カウンターに置かれた手を見て、響生はハッとした。

見覚えのある手だった。毛深くて大きなほくろのある、やたらゴツゴツした手。

まさか……ッ。

響生は驚いてその男の顔を見た。間違いなかった。ダウンライトの下で見た顔は、去年の夏、響生にあの『メデュウサ』のチケットを譲《ゆず》った、あの男だったのである。

生きていたんだ……。

「あ、あの……!」

無心で声をかけた。が、その先の言葉が出てこない。宇陀川と呼ばれた男はこちらを見、しばし不思議そうな顔をして、

「あれ? どこかでお会いしたかな?」

響生の顔はぼんやりと覚えていたようだが、昔やっていた芝居の観客か何かだと思ったらしい。

「悪いね。芝居からは足を洗ったんだよ。ここ最近は全然観てないんだ。……水戸《みと》で実家の家業継いだんですよ。毎日毎日営業にかけずりまわって、靴の底に穴開けてますよ」

とマスターに報告する笑顔には、あの夜の憔悴《しょうすい》しきった表情は見る影もなかった。結婚して来年子供が産まれる、仕事は忙しいが守るべき家庭を持って家族のために励《はげ》むのも悪くない、充実している、と男は語った。取り留めもない近況報告を、響生はその傍《かたわ》らに立ったまま、聞いていた。席に戻ることもできず、呆然《ぼうぜん》と立ち尽くしたままだ。

「そうか。じゃあ来年パパになるわけだ」

「ええ。妻の実家のほうじゃ初孫になるって言って今から大騒ぎなんですよ。まだ男か女かもわからないのに、おもちゃ買い込んできたりして」

幸せそうな世間話を、明るい声で語り続ける男を見て、響生の中にはみるみる理不尽《りふじん》な思いが突き上げてきた。

なんでそんな風に笑っていられる？　あんた、自殺しかけたじゃないか。あの夜。忘れたのか。榛原憂月を観て自殺しかけたじゃないか。

「舞台やってた頃は、自分のことしか頭になかったけど、……誰かのために頑張るのも、いいよなあって思うようになりましたよ」

「嘘つき」

背後からあがった一言に、宇陀川は驚いて振り返った。怒りを露《あらわ》にした響生が目を吊《つ》り上《あ》げて立っている。

「そんなこと言って……。あんた、逃げてるだけだ。榛原憂月から逃げてるだけだ」

ふ、と宇陀川が複雑な顔をみせた。店中の客がこちらを振り向いた。響生は、だが、もうこらえておけなかった。

「何が『もうわかった』だ。何が『もういい』だ。なんでそんなニコニコ笑ってられるんだ！　死のうとした時のことなんか、もうとっくに忘れたってのか？　俺は逃げないぞ。あんたみたいに自分を殺したり、日和《ひよ》ったりはしない！　逃げたりなんかしない！」

言い放つと、尻《しり》ポケットから札をカウンターに叩《たた》きつけ、店から出ていってしまう。客は失笑したように小声でしばらくざわめいたが、宇陀川は真顔だった。突然、席を立つと、杖を握り、出ていった響生の後を小走りに追った。

「待て！　おい、待ってくれ！」

足音も荒く去ろうとする響生を、不自由な足で追いかけ、とうとうその手首を摑《つか》まえた。途端に響生が振り払って振り返った。激怒している。

「どんなに苦しくても、俺は自分から車に飛び込んだりなんかしない！　俺は……あんたにはならない！」

目の端に涙が滲《にじ》んでいる。それを見て、宇陀川は言った。

「連城……響生くんだね」

驚いて、目を剝《む》いた。

俺のことを知っている？

「『海朋《かいほう》』に載《の》ってた写真を見て、すぐにわかった。あの時僕がチケットをあげたのは、君だったこと」

宇陀川は静かな眼差しをしていた。響生は驚愕《きょうがく》して立ち尽くすばかりだ。

「君も……苦しんでいるね」

「……あ……あなたは……」

「君の言うとおりだ。僕は逃げた。だけど君にはそうなって欲しくない」

「……勝手なこと言わないでください。俺を引きずり込んだのは誰ですか。あの時あのチケットさえなければ、俺は今頃こんな風には！」

「だけど、後悔してるかい？　君は、榛原憂月を観たことを本心から後悔してるかい！」

問う声に圧倒されて、響生は思わず黙った。宇陀川は痛みを堪《こら》えるような顔になり、だがしっかりとした口調で言ったのだ。

「そうだ。僕は死ぬつもりだった。僕にはもう生きる意味がなかったから。書く意味も演《や》る意味も、榛原憂月に根こそぎ奪われた。表現だけが生きる理由だった俺にとって、それは命の意味を失うことだった。だけど病院の窓から世界を眺めて、俺はずっと考えたんだ。表現する俺は死んだ。もう甦《よみがえ》ることはないだろう。だけど命はまだ残ってる。その不思議を、その意味を」

「………」

「俺は三島由紀夫《みしまゆきお》の『卒塔婆小町《そとばこまち》』を思い出したよ。恋に夢中になっている時、人は死んでいるんだよ、ていう老婆《ろうば》の言葉を。その言葉を借りるなら、僕は表現に燃えてた時、死んでいたのかもしれない。これから本当の人生が始まる」

　響生は重苦しい顔になった。

「それじゃあ、俺たちは死人ですね」

「ああ。苛烈《かれつ》なる死人さ。死人の戯言《ざれごと》だから、生きてる俺たちは現実を逃れて夢中になれるんだってね」

皮肉のようにも励ましのようにも聞こえた。宇陀川は響生に小さく笑いかけると、ひとつ息を整えて、街灯の明かりをぼんやり見上げた。

「僕は、君をこの地獄に引きずり込めたことを、内心喜んでいるんだよ」

響生は思わず目を剥いた。抗議の口を封じるように、宇陀川は振り返った。

「君も僕と同じ過《あやま》ちを犯して、同じように潰された。だけど君は僕よりも新しく、豊かで鮮やかな才能を持っていた」

「宇陀川さん……」

「僕は君に〝あの日チケットを手放さなかった自分〟を重ねてる」

彼岸《ひがん》からこちらを見るような眼差しだった。反発したいのか、すがりつきたいのか、響生にはもうわからなかった。

「勝手なことを……言わないでください」

「僕は二度と榛原憂月の舞台を観ることはないだろう。だけど、君の作品は一生読み続ける」

大きな手を差しだした。握手を求めている。

「一生、読み続けるよ」

大きなほくろのある毛深い手。執金剛神《しゅこんごうじん》のような手。響生に運命のチケットを渡した手だった。いっこうに握り返さない響生を苦笑いして見、反対の手で響生の手をとり、強引に握手した。

「……今度は、何を渡したつもりなんです」

「祈りだ」

宇陀川は微笑している。

「死に続けられなかった人間、すべての」

人気《ひとけ》の絶えた淋《さび》しい繁華《はんか》街《がい》を、宇陀川は杖をつきながら去っていった。響生にはわかっていた。あの男も一生榛原を忘れない。あの不自由になった足が、榛原を忘れさせない。もう二度と会うこともないだろう、恐らく。だが大きな手の温《ぬく》もりは、響生の掌《てのひら》からいつまでも消えることはなかった。

だけど、後悔してるかい？

榛原憂月と出会ったこと、

本心から、後悔してるかい？

＊

言いだしたのは奥田だった。

出席日数不足で、お互い留年が決定した直後だった。オンボロの中古車を借りて、奥田の運転で向かった先は、長野《ながの》だった。

響生は、東京に来てから都外に出たのは初めてだ。奥田が連れ出した。子供の頃、ボーイスカウトの合宿で来て思い出深かった山をもう一度見たいというのが口実だった。

「東京なんかにいるから、腐っちまうんだ。外に出よう。脱出だ」

奥田が向かったのは美《うつくし》ヶ原《はら》高原だ。山本《やまもと》小屋という駐車場に車を置いて、牛の放牧地をひたすら歩くこと一時間。

ついたのは王《おう》ヶ頭《とう》という、美ヶ原の山頂だった。標高二千メートルの頂上には、アンテナ塔が幾つも立ち並び、大きな山荘も建っている。

奥田が響生に見せたかったのは、ここから更に歩いて二十分ほどのところにある王《おう》ヶ鼻《はな》という場所だという。

頂上から西の方角へやや下ったところが、小さな森になっている。ここから見ると岬のような地形だった。王ヶ頭自体が急峻《きゅうしゅん》な崖《がけ》の上だから、その眺めたるや、そうそうたるものだという。

土の上を歩くのは、久しぶりだった。酸素が薄い。忘れかけた肉体の感覚が甦《よみがえ》ってくる。草むらの中の道をかきわけて、緩《ゆる》い坂道をあがり、とうとう目的の場所が見えてきた。

「着いたぞ。あそこだ」

響生は息を呑《の》んだ。まさに崖っぷちに突き出た「鼻」のような場所だ。見るからに剝離《はくり》しやすそうな結晶片岩《けっしょうへんがん》の崖である。薄い皿が何枚も重なったような岩が断崖《だんがい》に剝き出していて、眼下には麓《ふもと》の街が見下ろせる。足が竦《すく》むような場所だが、そこから見る、雪をかぶったアルプスの峰は息を呑むほど迫力があって、響生を圧倒した。岩の上には幾つかの石仏が立っている。

「あそこの頭ひとつ突き出た山が木曾《きそ》の御嶽山《おんたけさん》。御嶽講の人たちが、こっから拝んだんだろうな」

一番大きな石仏は、雷にでも打たれたのか、首がない。落ちた首のかわりに、誰かが丸い石を載せてやったようだ。

「すごい……な……」

風が強かった。響生はその景色に心を奪われた。雄大さで北海道《ほっかいどう》に敵《かな》うところはないと思っていたが、夕陽《ゆうひ》を浴びる三千メートル級の山々の姿は想像以上に壮麗《そうれい》で、神々《こうごう》しかった。

岩場のへりに座り込んで、奥田は清々《すがすが》しい顔をしている。

「王ヶ頭からここまで来る一本道が好きでさ。俺の中にはいつもあの道がある。こういう場所を目指したいと思ってる。誰も来ない、俺だけの特別な場所。別に三千メートルの山に名を連ねなくてもいい。俺にしか来れない場所に」

「奥田……」

それは自分の表現物のことを言っているのだろう。

「なあ、連城。世界は広い。見渡せば、榛原程度の山は幾らでもそそり立ってる」

途端に響生の表情が強《こわ》ばった。だが奥田は気づかないふりをして、

「無名の人間だって、一人一人と顔つき合わせりゃ、底無しの宇宙を抱えてる。そういう宇宙に潜ってくことで、その呪縛《じゅばく》は解けないか」

響生は黙り込んだ。苦しそうな表情は、まだ和《やわ》らぐことはない。

「惚《ほ》れ込んじまってんだな。本当に」

おまえのそれは「恋」だ。負の「恋」だ。俺は誤解を恐れず、そう名付けよう。世界の豊かさなんて知っても、なんの薬にもならず、「一人」が世界の全《すべ》てになるなら、それは「恋」と言うしかない。世界を計る基準であり、そして、全てであるもの……。

奥田は皆、見通しているようだった。

「戯曲《ぎきょく》書かねえか」

突然の申し出に、響生は驚いた。

「戯曲だと?」

「ああ。『飛行帝国』のために戯曲を書いて欲しい。俺が演出する。別に、いつまでに、とは言わない。書けるまで、待つから」

信じられない、という顔だった。響生はケルンを背にして、呆然《ぼうぜん》と立ち尽くしている。

「奥田……」

「おまえの言葉が好きなんだ」

ゴアテックスの襟《えり》を立てて、奥田は笑いかけてきた。

「どんな形だっていい。このまま、消えて欲しくないんだ」

「………」

響生は呆然としている。返事は、なかなか返ってこなかった。しかし奥田は答えを急ぐつもりはないらしい。夕暮れに染まる峰々に視線を返して、風に吹かれた。

「見ろよ、連城。太陽が沈む」

＊

二人はそれから、あたりが闇《やみ》に沈んで星が見え始めるまで、王ヶ鼻から離れなかった。二千メートルだけあって夜の冷え込みは厳しい。ロッジへと戻る途中のことだった。枯れ草の道で、ふと響生が立ち止まった。何かを見つけたらしい。

「蛍《ほたる》だ」

え？　と奥田が振り返った。

「んなはずねえだろ。こんな季節外れに。人魂《ひとだま》でも見たんじゃねえのか」

「いや、確かに」

響生の視線は暗闇を漂っている。

「……雪虫かもな」

幻のようだった。

手で摑めば、溶けてしまいそうな、不思議に安らかな光を放っていた。

白い蛍……、ふとそう呟《つぶや》いてみたとき「文章」が浮かんでくる感触がした。ロッジに戻る一本道を辿《たど》りながら、戯曲を書いてみよう、と思い始めている自分に響生は気づいた。

奥田にはまだ、言わない。

寒気が肌を切りつける。凜《りん》と冴《さ》えた冷気が、故郷・函館《はこだて》の冬の空気を思い出させた。萎縮《いしゅく》した魂が冷気を吸い込んで、少しだけ扉を開くのがわかる。雪の匂《にお》いがする。身を引き締める高所の冷気に、その心を預けてみた。

ふと暗闇の向こうに王ヶ鼻を振り返ってみる。夕焼けの雪のアルプスが瞼《まぶた》に焼き付いていた。頭ひとつ突き出た神の山のごとき御嶽山に、榛原憂月を重ねていた。

今はここから平伏《ひれふ》すだけだ。だがいつか、この足で迫ることができるだろうか。

そんな日が、来るだろうか。

「こんくらいの坂道で、もうへばってんのかよ。歩け歩け。晩メシなくなっちまうぞ」

先を行く奥田に叱咤《しった》されて、響生は顔をあげた。満天の星空を突き刺す槍《やり》の群れのような、王ヶ頭の電波塔群が見えた。

一言だ。

まずは一言から始めてみよう。

書き上げられるかはわからずとも。

遠い山をゆくのも、その一歩から始まるように。

友の声に引かれて響生は歩き出した。

枯れ野に雪虫が舞っている。真冬の綿雪に似た、幻のような〝白い蛍〟が、いま来た道を覆《おお》っていく。

やがて本当の雪が覆い始める。

再生を待つ大地を包みこむように。

黒鍵III
-cantabile-

第一章

戯曲《ぎきょく》を書いてみないか。
どんな形でもいい。
このまま消えて欲しくない。
おまえの言葉が、好きなんだ。

羽田《はねだ》沖へと離陸していく旅客機の翼が、真冬の陽射《ひざ》しを受けて鈍《にぶ》く輝いている。ジャンボジェットの一際《ひときわ》大きい轟音《ごうおん》が滑走路に響き、奥田一聖《おくだかずきよ》は読んでいたスポーツ新聞から目を上げた。入れ替わり立ち替わり、駐機スポットに入ってくる機体を、屋上の送迎デッキから見下ろし、奥田一聖はヘッドホンステレオを外して、スポーツ新聞を折《お》り畳《たた》んだ。
芸能欄には榛原憂月《はいばらゆうげつ》の『レディ・ピュグマリオン』が芸能記者クラブ主催プラチナウィング賞の演劇部門を総なめにしたという記事が載《の》っている。二年連続大賞受賞、さらに脚本賞・演出賞、そして藤崎晃一《ふじさきこういち》の主演男優賞。輝かしい賞歴の数々は、演劇界における榛原時代の到来を如実《にょじつ》に示していた。

突出した才能だけが持ち前の人間ならば珍しくない。他の追随《ついずい》を許さない夥《おびただ》しい発熱量を誇る榛原憂月だからこそ、生める嵐だ。勢いは、止めるものがない。その陰で、押《お》し潰《つぶ》されて虫の息になっている新人作家の苦闘など、一体誰が知りうるだろうか。

ジェットエンジンの轟音にかき消された、ヘッドホンステレオに流れる歌の続きを、奥田は途切れさせまいと無意識に口ずさんでいた。

時計を見ると、約束の時間だ。スポーツ新聞を屑《くず》入れに突っ込み、奥田は友を迎えるために、到着ロビーへと降りていった。

フロアには函館《はこだて》からの到着便を知らせるアナウンスが流れている。大きなカバンを抱えて出口に現れた連城響生《れんじょうひびき》は、東京《とうきょう》の温かさに戸惑っているのか、マフラーを外そうとしていた。搭乗客を待ち受ける人々の中に奥田の顔を見つけた響生は、意外そうな表情をみせた。

「おかえり」

奥田は笑みを浮かべて、友を迎えた。

おかえり――。
おまえの戦場へ。

＊

後部座席に芝居道具を詰め込んだ、中古のワゴン車は、劇団員から借りたものだった。衣装を返しに行くついでに、羽田空港まで響生を迎えに来た奥田だった。

「実家はどうだった。少しはのんびりできたか」

「あまり落ち着かなかったな……」

去年の正月は榛原の追っかけや執筆《しっぴつ》で帰省どころではなかったから、二年ぶりの実家だ。久しぶりに家族が揃《そろ》ったことを母親は喜んでいたけれど、やたらと気を遣《つか》われて、くつろげる空気ではなかった。

「贅沢《ぜいたく》言うなよ。おふくろさんの親心だろ。うちなんかたまに実家に帰ったって、羽伸ばすところか、労働力ウェルカムつって店手伝わされるだけだぜ」

「……。そのほうが気が楽だ」

——お母さん、響生の載《の》った本、知り合い中に配ってるみたいよ。

函館空港まで迎えに来た車中で、姉の沙霧《さぎり》が教えてくれた。案《あん》の定《じょう》、母親は息子の「出世」に大はしゃぎしたらしい。失意に暮れる響生の胸の内など知らず、凱旋《がいせん》扱いされるのは苦痛以外の何ものでもなかった。榛原語で書かれた小説は、潔癖《けっぺき》性の母が読めば卒倒しそうな内容で溢《あふ》れているのに、人に配るなんてどういう了見なのだろう。要するに中身は見ていないのだ。

あれでは息子の出演するエロビデオを熨斗《のし》つけて配るようなものだ。響生がどういう意味で世間に担《かつ》ぎ上げられたかも知らない母親の、そんな一挙一動は苦々しいだけだった。

父親は何も言わなかった。留年を詫《わ》び、授業料は自分の収入から捻出《ねんしゅつ》する旨《むね》を伝えた時も、事情を問《と》い質《ただ》すことはなく、ただ一言「大学だけは卒業しろ」と言うだけだった。無関心か思いやりかはわからないが、黙っていてくれることが、今の響生にはありがたい。

——響生、少しやつれたみたい。大丈夫？

心配してくれたのは沙霧だ。昔から、母親以上に響生の内面に敏感な姉だった。

——家にいるのが窮屈《きゅうくつ》だったら、車貸してあげるから、どっか行ってくるといいよ。

ありがとう、姉さん。俺にはわかっていたんだ。何を期待して函館に帰ったりしたのだろう。そっとしておいてほしい、と思うなら、最初から帰省などしなければいいのに。

「………。北海道《ほっかいどう》まで行けば、榛原から距離をおける気がしたのかな……」

「——連城……」

自嘲《じちょう》気味に呟《つぶや》いて、ビルの上に並ぶ大看板を虚《うつ》ろに眺めている。新学期まで実家で過ごす予定だったが、ひと月もしないうちに帰ってきてしまった響生だ。

あれ以来、何も書いていない。『創造《そうぞう》』から掲載拒否をくらったのを皮切りに、他社からの新人依頼も次々と途絶え、あっという間に出版界からほされてしまった。所詮《しょせん》は、ぽっと出の新人作家ということか。失墜《しっつい》した信用を取り戻す術《すべ》もなく、響生はすっかり塞《ふさ》ぎ込んでしまっている。前途洋々だった未来が一転して、この状況だ。何より本人が書けなくなってしまったのだから、どうしようもない。

このまま、沈んでいくのだろうか。

後ろ指を指されながら、小さく声を発したきり、「連城響生」は忘れられていくしかないのか。

奥田は苦い表情になる。

――戯曲を書かないか。

――『飛行帝国《ひこうていこく》』のために戯曲を書いて欲しい。

依頼の件について団員の反応は芳《かんば》しくなかった。

――無理ですよ。あのひとには。榛原憂月みたいな台本になるに決まってますよ。

今井秀樹《いまいひでき》も頭ごなしに否定した。

――僕は嫌ですよ。なんで奥田さんのもとで榛原もどきをやらなきゃなんないんですか。僕は出ませんよ。そんな芝居。

その懸念《けねん》は尤《もっと》もだった。分野外だったから許された部分もある模倣《もほう》を、戯曲そのものでやられてはたまらない。榛原の亜流劇団がやるならともかく、『飛行帝国』には独自の路線がある。今井は榛原が嫌いというわけではなかったが、それをやりたいとは思っていなかった。

――人真似《ひとまね》作家のリハビリなんかのために、何もうちが場所貸してやることないでしょう!

そうじゃねえんだ、今井。そういうことじゃや。人助けのつもりはない。俺がただ切実にあいつの言葉を喪《うしな》いたくないと思うだけ。

あいつと一緒に何かを作りあげてみたいと願っているだけ。

説明しても納得させるのは難しかった。確かに書けても「榛原もどき」にしかならない可能性は高い。そうならそうで、いい。何のための演出だ。俺が榛原とは似ても似つかない舞台に仕上げてやる。

——だから怖がらずに書けよ。思うまま。

ふと我《われ》に返って隣を見ると、助手席の響生はまた思い詰めた顔つきになって塞ぎ込んでしまっている。

「ハラへってねーか」

奥田はいつもの調子に戻って声をかけた。

「俺、昼抜きなんだ。つきあえよ。どっかラーメンでも喰《く》いに行こう」

響生は「ああ」と頷《うなず》いて少しだけ表情を和《なご》ませた。

「おまえに頼まれた戯曲……。書き始めてみたよ」

え？　と奥田は目を剝《む》いた。

「マジか」

「ああ……。まだほんの少しだけど」

カバンには書きかけのノートが入っていた。

「少しだけ、感触が戻ってきた」

函館港の見える自分の部屋で、机に向かっているうちに、人前では自分をうまく表現できなくて、その鬱屈《うっくつ》をノートにぶつけていた頃の無垢《むく》な感覚が甦《よみがえ》ってきた。作品と呼べるまで仕上げられるかは自信がない。だが、真っ白だったノートをポツポツと埋めるほどには、言葉を取り戻し始めたという響生に、奥田は、そうか、と喜んだ。

「どんな話になりそうだ」

「ああ。童話みたいな昔話みたいな……そういうのを書こうかと思ってる」

「童話」

「おまえの舞台観《み》てて、なんとなく、時代もののおとぎ話なんか、観てみたいって思った」

フロントガラスを銀幕に見立てて、響生は頭の中の情景をぼんやり映し始めた。

「晩秋の里だ。雪虫《ゆきむし》が舞うところから始まる……。大きな桜の木があって、寄り添うように盲目の少女がひとり……。その里にはいつも何かが降ってるんだ。雪だったり、桜の花びらだったり、蛍《ほたる》の乱舞だったり」

灰色のビルが雑然とひしめき合う街に、奥田は一瞬その光景が重なって見えた気がした。ストーリーはまだ、ない。だが奥田はたちまちその光景が気に入ってしまった。

「いいな、それ。いいよ、連城。それで？　その女の子は何者なんだ？　その桜の木に何かあるのか？」

「お、おい。だから話はまだ……」

「晩秋だろ。なら、アンバーのライトが、こう、サイドスポットで一発。平凸《ひらとつ》でくっきりもいいが強すぎるかな。雪虫はそうだな、安っぽくなるからエフェクトマシンなんかじゃ処理したくねーな。綿飛ばすとか……いや、泡がいいかな。それとも」

「奥田……」

冒頭場面を聞いただけで、奥田の頭にはもう舞台装置が浮かびあがってきたらしい。子供のように目を輝かせて、続きをせがむ奥田に、響生は困った顔をしたが、そう言われることの幸福を噛《か》みしめてもいた。

「雪の蛍……か」

東京には、この冬、まだ一度も雪が降っていない。

＊

高円寺《こうえんじ》のアパートに戻るのは、ひと月ぶりだった。玄関のスイッチに触れ、乱雑に散らかる室内を目にした途端、苦闘の淵《ふち》にいる自分が生々しく戻ってきて、重苦しい気持ちになった。澱《よど》んだ空気を逃がすため、窓を開けた。ひんやりと外気が流れ込んできた。

そう簡単に、逃げられるはずがない。

一昨日《おととい》の夕刊がカバンの口から覗《のぞ》いている。中二面にわたって新聞社主催の演劇賞の記事が載っていた。榛原憂月は大賞を受賞した。プラチナウィング賞と合わせてすでに二冠だ。

身の程知らずと言うのだ。

俺の嫉妬《しっと》なんて。

才能を同世代同嗜好《しこう》の連中にだけではなく、世間に認められた榛原。権威にまで認められた榛原。いや、どちらもあてにはならない。見ろ、選考委員のこの的外《まとはず》れな論評。捉《とら》えきれない不気味さに、恐れて賞を与えたのだ。無視できない異端なのだ。榛原を認めさせたのは俺たちだ。熱狂する連中の「現象」が、世間にその存在を認めさせたのだ。だがその「現象」を生んだのも、榛原憂月の「才能」に他ならない。

「……みじめなもんだな」

部屋の隅に座りこみ、独語して笑うのが癖《くせ》になった。自分はなんだ。たかが何冊かの雑誌に載って一瞬盛り上がりかけただけの無名作家だ。幸運にも開けた道は、自業自得《じごうじとく》でたちまち閉じた。書き続けようにも発表する場所がない。

恥部《ちぶ》を見透かした読み手のボディブローが効《き》いて立ち上がる意欲も喪《うしな》った。俺が消えても、一年後には誰も憶《おぼ》えちゃいないだろう。

——君の作品は一生、読み続けるよ。

「羞恥心《しゅうち》なんて……なければよかったのか……？」

　こんなちっぽけな名前に傷がついたからって何なのだ。開き直って、不名誉承知で、影響丸出しでもいいから、面《つら》の皮厚く書き続けていられればよかったのか？

「……俺は……もうダメなのか……」

　作家としての連城響生は。

「もう……消えるしかないのか」

　摑《つか》みかけた全《すべ》てが砂となって指の隙間《すきま》からこぼれ落ちていく。

　榛原憂月の模倣作家《エピゴーネン》。影響を受けた対象を持ち上げて、リスペクトだのオマージュだのと冠《かんむり》を被《かぶ》せてしまえば許されるものでもなかった。俺にはそっくりだという自覚すらなかった。無《む》邪気《じゃき》に榛原になりきって得意げに書き殴《なぐ》った、この一年間の作品は、恥部でしかない。

「消え入りたいと思ったくせに、消えたくないだなんて、おわらいだ」

　——祈りだ。死に続けられなかった人間すべての。

　響生は宇陀川《うだがわ》と握手した掌《てのひら》を見た。この部屋にいると、数カ月前の重い空気にまた呑《の》まれてしまいそうだった。振り切るように立ち上がると、ノートと筆記用具だけ抱えて、上着も着ずに外へ出た。

＊

凡才たちの苦闘など、あの男は知りもしないだろう。

榛原憂月の狂気はますます美しく、過激になっていく。

あれくらい狂えなければ正しくないと言われているようで、苦しかった。

あの男の神経は「非凡」というより「異常」だ。ペニスのホルマリン漬けで舞台を埋め尽くしてみたり、精神病棟の便所で軍服姿の美しい将校を病んだ老人に犯させてみたり、五十人の熟女の群れを裸で乱交させてみたり……。だがそれが響生には「正しい狂気」に思えるのだ。

――他人からどう思われるか？　さあ、私は私の見たい世界を描くだけです。

ひとからどう思われているかばかり気にしている自分。

――他人に対して、己ごときをさらけ出せない役者は使えない役者だ。自分の世界で小さくまとまっている人間など私の創造には要《い》らない。

ひとと関わるのが苦手で何かにつけて自信がない小心者の目から見れば、革命者・榛原も確固とした己をもつ充分魅力的な一人の男だ。だからこそ、榛原より何か値打ちのあるものを自分に見いだせなければ、生きていられない気がした。

だが自分には何もない。語るべきものも経験値も。ありふれたサラリーマンの家に生まれ、群れで暮らすのに馴らされた自分は、人と違う感性を自《おの》ずと育てる環境にもなかった（馬鹿だ。独創性のなさを環境のせいだなんて言って転嫁《てんか》しているだけだ）。平均的などという見えない囲いの中で、常識的範囲でおさまる優等生であり続けた（従うほうが楽だった）。

プールで一等賞を目指す男が、プールを壊す男に太刀打ちできるわけがない。

こんな男にそもそも生き残る値打ちなどあるのか。

立ち上がる意味などあるのか。

だけど、このまま倒れていたら、俺は俺であることまで喪《うしな》ってしまう。


多分、奥田の働きかけがなければ、こんなに痛い目を見ておいて再び筆を執《と》る気には、ならなかったに違いない。

懐疑的な気分を抱え、それでも響生は書きかけのノートを小脇《こわき》に街に出た。家では書かず、行きつけの定食屋や珈琲《コーヒー》屋で過ごす時間が多くなった。奥田はそんな響生のもとに毎日のように通ってくる。

「冒頭の舞台装置のイメージをスケッチしてみたんだ。見てくれないか」

奥田の働きかけは、しおれきって水を吸い上げる力も失《な》くした枯草に根気強く水をやるようなものだ。戯曲を書くとは思うな。上演台本だと思ってくれ。戯曲という名は「文学の一種」というニュアンスが強い。純文学畑の響生からすれば、そういう面でも評価が高い榛原憂月を意識せずにはいられない。(事実、純文雑誌である『創造』に戯曲が掲載されること自体、榛原の劇作がいかに「文学的」に通用するかの証《あかし》でもあった)だから奥田は何度も念を押した。

書いて欲しいのは台本だ。劇の台本《ホン》だ。

「桜の木を擬人化《ぎじんか》するのか……。面白いよ、連城！　盲目の少女を導く桜の木だな。思いっきり幻想的《げんそう》にやりたいな。ライトも、こう、ナマっぽくなく」

響生が書いたものを、奥田は何倍にも膨《ふく》らませて投げ返す。刺激を受けた後は筆が進んだ。そんな作業が響生には新鮮だった。小説は常に独《ひと》りで生むものだった。奥田は響生が紡《つむ》ぎ出すものひとつひとつに反応して、押しつけることはしない。響生が紡ぐ世界に身も心も飛び込んで、熱中して遊ぶ子供のような奥田の反応に、書く方の気持ちまで盛り上がってくる。

「聴いてくれ。冒頭の曲はこれ使うから！」

いつしか響生は奥田の反応を楽しみに書き進めるようになってきた。そんなに愉《たの》しんでくれるなら、もっと面白くしてみせよう。まだまだ工夫できるはずだ。こうしたらどんな反応が返ってくるかな。もっと膨らませてみよう。もっと喜ばせてやりたい。もっともっとのめり込んで熱中して愉しめるように。

「あー……、いたいた。連城！」

深夜のファミレスに飛び込んできた奥田は、中野《なかの》のアパートから自転車を飛ばしてきたらしい。夜中はここで執筆中だと知っている。この寒いのに、裸足《はだし》にサンダルをつっかけただけの恰好《かっこう》だった。

「オミの歌う唄《うた》、こんなカンジにしてみたんだが、聴いてくれるか」

と不器用に縦笛《たてぶえ》を吹き始める。深夜二時のファミレスで縦笛を吹く男の姿はかなり奇天烈《きてれつ》なものがある。

「どうだ？　こんなイメージか？」

これにはさすがの響生も呆《あき》れてしまった。

「……奥田。サンダル片っぽ違うぞ……」

「あ？　気づかなかった」

と悪びれずに笑う。つられて響生も笑った。

店を出たのは午前三時半。賑《にぎ》やかな高円寺界隈《かいわい》もさすがに人気《ひとけ》が少ない。突き刺すような寒風に、星がキラキラ瞬《またた》いて見える。自転車を引いて桃園川《ももぞのかわ》緑道沿いを歩きながら、奥田が建物の隙間《すきま》に瞬く星を指さした。

「あの赤い星、なんだろな。火星《かせい》か？」

「さそり座のアンタレスだろ」

「バカ言え。そりゃ夏の星座だろ」

「冬でも、明け方になると昇ってくるんだ。真夏の明け方にはオリオン座が見える」

「そうだったっけか……」

とりとめのない会話を交わしながら、ふと響生が「こんなの初めてだ」と呟いた。なにが？と問うと、

「ん？　いや……。書くってことには、こういう楽しみもあったんだなって」

自分の作品の世界で、こんなに熱中して愉しんでくれる他人を、響生は今まで見たことがなかった。

「読む相手に求めるものは、いつも作品の評価ばかりだった。俺の書いたものに、一緒になって熱中してくれる奴《やつ》がいるなんて……」

「……だから演劇なんだよ」

と奥田はサドルに跨《またが》って言った。

「書いたもんだけで完結しないのが面白いところさ。〝内輪《うちわ》盛り上がり〟の中身は、意外に悪くねえだろ」

「あの言い方は、謝る」

「いいんだ。そうなっちまう連中も多いし」

サンダルの爪先《つまさき》で地面を蹴《け》り、よちよちと進みながら、奥田は言った。

「小説家って奴はマウンドのピッチャーなんだよな。投げる時、頭にあんのはストライクとりにいくことだけだろ？　芝居はキャッチボールなんだ。投げるにもいろいろあるってことさ。おまえはさしずめ、肩壊してマウンドおりた期待のルーキーってところかな。……だけど、あのまま売れっ子街道一直線だったら、おまえ、俺らになんか見向きもしなかっただろーし」

俺にはラッキーだったよ、と奥田は本音を覗《のぞ》かせて笑っている。響生は複雑な表情だ。

川商店

「心配すんな。ヘタレでもいいんだ。俺が絶対すげえ舞台にしてやる」

「……俺に書けるだろうか」

「おまえ、いい演劇センス持ってるよ。芝居勘《かん》には自信持っていい」

体中をさすられて温められている気がしてきた。響生は微笑した。奥田はいい遭難救助隊になれそうだ。横顔を見ると、奥田はまだ不思議そうに赤い星を見つめている。

「……あんなにギラギラ光るアンタレスは初めて見た」

「夏は大気が濁《にご》ってるから」

「おまえの星だな。蠍座《さそりざ》生まれ」

春には書き上がるかな、と奥田が呟いた。その頃にはあの星も、もっと高いところにいるだろう。響生は視線を追ったが、星はもう建物に隠れて見えなかった。

＊

枯れた草はもう一度花を咲かせられるのだろうか。

ノートの白い頁《ページ》と向き合うのは、自分と向き合うという意味だった。

傍《かたわ》らには、書店の紙袋に一カ月入ったままの榛原憂月の戯曲集があった。ここまで痛い目に遭《あ》っているくせに、どうしても買わずに通り過ぎることができなかった。榛原関連の雑誌記事は買い占めるだけ買い占めて、袋からは取りだしていない。読めばまた、あのアクの強い個性にあてられて、自分を比べて消え入りたくなるのがわかる。見るのは恐ろしいくせに、見つければ手に入れておかずにはいられないというこの矛盾《むじゅん》。榛原という美しい狂気の塊《かたまり》を薄っぺらい紙袋に封印して、手に取ろうとしかけては躊躇《ためら》った。榛原に遭遇《そうぐう》するのを恐れて、本屋から足が遠のいた。榛原の動向を知らせるあらゆるメディアを生活から排除して、無情報の檻《おり》で考える。俺が今、欲しいものはいったい何なんだ。

今、表現したいのは何だ。

白い頁《ページ》が雪原のようだ。

目を閉じると、奥田に連れていってもらった王ヶ頭《おうとう》の光景が甦る《よみがえる》。枯れ野に雪虫が舞っていた。その様は淡い雪のごとく舞う冬の蛍だ。ぼんやりと優しく発光していた。掌に包んで、この胸に融《と》かしたら、失意が癒《い》えるのではないかと思っていた。

あの光を、舞台にのせることはできないだろうか。

被害妄想《もうそう》が募《つの》ると、響生は机の上に掌を置いて、その上で遊ぶ雪虫の幻《まぼろし》を思い描いた。哀《かな》しくも愛《いと》しいその光を、この手で描き出すことはできないだろうか……。

榛原の舞台に溢れる強烈な光。あの光は眩《まぶ》しすぎる。叫んでいるような光だ。榛原が生み出す救済の光量は、あまりにも強すぎて、瀕死《ひんし》の魂は押し潰される。

傷ついた魂を癒《いや》すような、柔らかで優しい淡い光を……舞台にのせることはできないだろうか。

あの冬蛍のような。

降り積もる雪のような切なさを。

描き出すことはできないだろうか。

響生は鉛筆を手に取った。自分で削った鉛筆の、柔らかな芯《しん》を頁《ページ》に押しあてる。深海の海雪《マリンスノー》を摑《つか》まえようとするように、内なる世界へ潜り、イメージを摑まえ、言葉へ文字へと姿を変えていきながら、浮上してノートに描き出していく。

訥々《とつとつ》と——願いを込めて。

＊

次世代の新星と一時もてはやされた連城響生が、全ての文芸誌から忽然《こつぜん》と消えて、半年が経《た》とうとしていた。あれだけ短期間で勢いよくあちこちの雑誌を席巻《せっけん》した響生の名が、パタリと消えたのを訝《いぶか》る読者も多かったらしい。

——チョーシこいて仕事受けすぎて自爆したんでしょ？

——終わりの方は、酷《ひど》かったからね。

世間は水面に浮き出てきたものだけを貪《むさぼ》り、深海を探ることはない。水圧に阻《はば》まれ、闇《やみ》が視界を奪うから、人は高峰に憧《あこが》れても、海溝に目を向けはしない。ただそれだけのことだ、と奥田は思う。

浮沈の争いに敗れ、沈んでいき、やがて忘れられるのがこの世の摂理《せつり》なら、暗い淵から今度こそ自力で浮かび上がろうと願うおまえと、俺はどうにか光が見えるところまで、一緒に浮き上がってやりたい。俺に浮力があるのなら、必ずおまえも連れていく。

いま、響生の「言葉」を目にすることができるのは、奥田一聖ただひとりだった。

暖冬は、春先にドカ雪を降らせるというのは、本当のようだ。やけに静かな朝だった。窓を開けると見慣れた街の景色が白一色に染まっている。東京に大雪が降った朝だった。

響生からの電話を受けて、いつもの珈琲屋に駆けつけた。駅前商店街の四つ角の雑居ビルにある小さな珈琲屋。通りでは店員が雪かきをしていた。人の流れを見下ろせる二階の窓際で響生は待っていた。

「完成したって?」

息せき切って駆けつけた奥田に、響生は頷いた。ノートを差し出した。大雪の中を一駅走ってきた奥田の頬《ほお》は、のぼせたようにカッカとしていた。

「最初から、よく読んでくれ。奥田」

響生はまだどこか不安そうな目をしている。

「俺の言葉は……俺のものになってるか」

奥田は貪《むさぼ》るように読んだ。最後のシーンまでのめりこんで読んだ。読むそばから映像が次々と目に浮かんだ。それは本来の響生らしさに溢れた切ない悲恋物語だった。

題名は『櫻鬼変《おうきへん》』。

日本版人魚姫とも言えるお伽噺《とぎばなし》仕立ての、伝奇物語だった。

「おまえの言葉だ、連城……」

胸の底から熱いものが込み上げるのを感じながら奥田は答えた。

「いい芝居になる」

降り積もる雪のように、淡々と言葉を積もらせて、枯野はいつしか白銀の世界と化した。

連城響生・再生の一歩だった。

第二章

劇団『飛行帝国《ひこうていこく》』による新作劇『櫻鬼変《おうきへん》』の稽古《けいこ》は間もなく始まった。すでに或《あ》る程度、芝居の輪郭《りんかく》は伝わっていたので上演のための基礎訓練は調《ととの》っている。奥田《おくだ》は響生《ひびき》を毎回稽古に立ち会わせた。響生や団員の意向におかまいなく「うちの座付き作家」だと紹介した。

稽古場は響生にとって見るモノ聞くモノ全《すべ》て新鮮な場所だった。生まれて初めての体験だ。一個の芝居が立ち上がっていく過程に接するのは。

「いいか。ここはオミの歌声が、検非違使《けびいし》の警固を一気に解いていく大事な場面だ。コントラストつけていこう！　殺気立った機動隊員が童心に戻ってくイメージな。あどけなさ出して！」

劇団主宰者《しゅさいしゃ》で役者兼演出担当。奥田のリーダーシップは壮快だ。エネルギッシュに稽古場を走り回り、役者たちをグイグイ引っ張っていく。毎日毎日、大変な運動量だ。紙面に書き綴《つづ》った言葉が役者の口から紡《つむ》ぎ出されるごとに、響生は興奮した。肉声とは音の肉体だ。頭の中にあった時とは厚みがまるで違う。すごい、すごいぞ。役者の肺や腹、筋肉や声帯……、全身を使って紡ぎ出される台詞《せりふ》のなんと力強いことか。同じ言葉とは思えないくらいだ。脆弱《ぜいじゃく》を恥《は》じていた俺の言葉とは思えない。すごい、すごいぞ……。ささやかな一言にびっくりするほど説得力があって、書いた本人を驚嘆《きょうたん》させた。

一方、劇団員は『櫻鬼変』と響生をどう受け止めたか。

「しつっこいでしょ。うちのミカド」

今井秀樹《いまいひでき》は最後まで響生が書く戯曲《ぎきょく》の上演に反対していたひとりだ。稽古開始から二週間ほど経《た》った或る日のこと、稽古を見つめる響生の隣にふとやってきて、独り言のように呟《つぶや》いた。

「根拠もない直感、やたら信じて押し通すんですよね。ったく、俺なんかよりずっと〝ミカド〟なんだから――」

かくいう今井は劇中の「帝《みかど》」役だ。

「俺、奥田さんがあなたに肩入れする気持ち、よくわからないんですよね」

響生は驚いて見つめ返した。今井は少し悔しそうだ。はっきり言えば気にくわなかった。榛《はい》原《ばら》を真似《まね》た作風で点数を稼いでいる「連城響生《れんじょうひびき》」という作家が、表現者として信頼できなかったのである。今井にはずっと「榛原人気にのった便乗作家」としか思えなかった。

この今井という男、昔から冷静な理論派で、人情派・奥田のようにやたらめったら感動できる体質ではないだけに、だからこそ、そんな自分に無条件で「いい」と言わせるものは本物だと信じている。奥田についてきたのも、彼が自分を感動させられる人間だからだ。

「でも仕方ないですよね」

そんな今井だからこそ、不本意ながら、認めねばならなかったのだ。

「この台本読んで、俺、不覚にも泣いちゃいましたもん……」

目を見開く響生とは目線も合わさず、それだけ無愛想《ぶあいそう》に伝えると、今井は奥田に呼ばれてアクティングエリアに出ていった。

『櫻鬼変』は、盲目でみなしごの少女・オミと桜の精の物語。桜鬼は独りぼっちのオミが慕《した》う里外れの桜の老木に棲《す》む鬼。奉公《ほうこう》先で虐《いじ》められ生きることに希望を見いだせないでいるオミに、桜鬼は「歌」という生きがいを与える。歌う喜びに目覚めたオミは、みるみる才能を開花させ、その美声を買われてついに都で白拍子《しらびょうし》になるのだ。

桜御前《さくらごぜん》と呼ばれるオミの、魅惑《みわく》の歌声は、枯れた木に花まで咲かせると、たちまち評判となり、ついには帝に見初《みそ》められて宮中に入り、寵愛《ちょうあい》の限りを尽くされる。

それを知った桜鬼は嫉妬《しっと》のあまり荒れ狂い、晩秋の都の桜という桜を咲かせてしまうのだ。人々は凶兆《きょうちょう》と言って怯《おび》え、元凶である桜鬼の桜を探し出し、よってたかって切り倒す。

クライマックス。斧《おの》を打ち込むごとに老木の幹からは鮮血がほとばしり、取り囲んだ人々に浴びせかかって、皆を恐怖に駆り立てる。だが勇気ある樵《きこり》のロクが鮮血に怯《ひる》むことなく、斧を振るうと、桜鬼は最後の力を振り絞って、枝を伸ばし、オミを腕に捉《とら》えるのだ。そうして彼女を己《おの》が幹の中へと引きずり込む。帝たちの抵抗かなわず木に呑《の》まれたオミの姿は、その後枯れた老桜の幹にくっきりと浮かび上がるのだ。

「そしてその桜の木は、春になると花を咲かせる代わりに歌を歌う……」

折しも散り始めた桜が花吹雪《はなふぶき》となる頃。稽古場からの帰り道、夜の桜並木に舞う青白い花びらを見上げて、奥田は言った。

「見てろ、連城。この夜桜よりも、もっときれいなラストシーンにしてやるからな」

奥田は響生に舞台作りの全てを見せようとする。大道具作りも照明プランも音響も劇場との交渉も、あらゆるシーンに響生をつきあわせた。舞台の全貌《ぜんぼう》を教え込むように。時には延々愚痴《えんえんぐち》を聞かせられることもあったが、響生は辛抱《しんぼう》強くつきあった。

「なあ……。榛原の手の内、少しだけ見れた気がしないか？」

さんざん愚痴をこぼした後で、ふと奥田がそんなことを言った。突然現実に返る響生を見て、

「知らない世界ってヤツは、相手の得体の知れなさを影みたいにでかく見せるんだよな。でも飛びこんじまうと、だんだん等身大に見えてくる。おまえが怖がってるものの半分も影だったことを願ってるよ」

「……………。奥田」

いよいよ劇場での仕込みが始まる。劇団員たちのテンションもうなぎのぼりだ。組み上がっていく舞台装置を眺めて、響生は不思議な気分に浸っていた。

俺の書いたものが舞台になる……。

百人ほどで一杯になる小劇場。

初日の舞台は夢を見ているようだった。

「〝桜の花というのは……そうだなあ。歌のようなものだ。春が来ると俺たち桜は嬉しくなって一斉《いっせい》に歌を歌いだすのさ〟」

夢のようだった。実際現実の中で見る夢なのかもしれない。舞台というものは。

奥田の演出は舞台の狭さを感じさせなかった。普段は舞台に原色をのせまくる奥田だが、今回は淡い色彩を基調にした。春霞《はるがすみ》のように幻想《げんそう》的な色彩が、無限の奥行きを感じさせ、確かにそこには桜の里が存在していた。

「〝焚《た》き火《び》が好き？　そうか、あのパチパチ音たてるものは温かいからな。あの音は炎というのだ。だがなぁ、焚き火というもの、あれは恐ろしいものだぞ。俺たちの枯れた手足を集めて燃やしているのだからな〟」

「〝わかったぞ、桜鬼《さくらおに》。あのパチパチもおまえたちの歌なのだな？　歌は飯も炊くのか？〟」

奥田演じる桜鬼が盲目のオミと語りあう。怪優の素質たっぷりな奥田と対照的に、オミ役の片桐亜美《かたぎりあみ》は初々《ういうい》しい素直な演技で客席を魅了《みりょう》した。

「〝さようなら、桜鬼。都に行っても忘れない。千里の音を聴き分けるおまえの耳で、オミの唄《うた》を聴いていておくれ〟」

音大の声楽科から奥田が『飛行帝国』に引っ張り込んだ彼女は、高く澄んだ声と可憐《かれん》な容姿の持ち主だった。響生が想像した以上に華《はな》のあるヒロインだ。

「〝忘れたのか、オミ……！　おまえに歌を与えたのは、この桜鬼。おまえの歌は桜鬼とオミだけのものなのに……俺を裏切るのか。おまえの声が聞こえない。愛《かな》しきかな我が妹《いも》。もうおまえには桜の歌は歌えぬか！〟」

オミの幸福に嫉妬する桜鬼の悲嘆《ひたん》を、身を擲《なげう》つようにして奥田がぶつける。

「〝切れ！　あの桜の木を切り倒せ！〟」

「〝花吹雪が凄《すさ》まじくて近寄れませぬ！〟」

「〝ええい！　都のモノは頼りにならん。剛《ごう》の者はおらぬか！　あの桜を切り倒せる剛腕の持ち主は！〟」

後半は実に目まぐるしくエネルギッシュで、『飛行帝国』の持ち味が存分に発揮される。役者は一時たりと、じっとしていない。舞台狭しと駆けずり回る肉体が生み出す躍動《やくどう》感に響生は圧倒されていた。

これが俺の書いたものなのか……？

連獅子《れんじし》のような白い髪を振り乱し、狂乱の中で、桜鬼が声を振り絞る。

「〝千年の孤独を、千年の渇《かわ》きを……おまえの歌だけが癒《いや》してくれた。この躰《からだ》から迸《ほとばし》る満開の花はおまえに捧《ささ》げる俺の歌。歌おう、オミ。あの頃のように。焚き火のような夕陽《ゆうひ》に照らされ、凍える星の下で身を寄せあって、もう一度……。いやなんだ……おまえが誰かのものになるのは、いやなんだ。好きだったんだ、オミ——ッ！〃」

——無理だ。そんなの。おまえたちは眩《まぶ》しすぎる。

——俺は演劇が嫌いだ。

その眩しさで、響生が描き出した世界をぐんぐん押し広げていく。空気の振動でしかない声がなぜこんなに胸を穿《うが》つのだろう。一瞬で消えていく「言葉」は、なんて力強いのだろう。

——わかるか、連城。

——これがおまえの言葉の力なんだ。

人間対桜の戦いが始まる。小さな劇場は観客も役者も一体となった。熱気は最高潮に達した。

「〃返せ、桜御前を返せ！　化け桜！　僧侶《そうりょ》たち、この怪木に大威徳《だいいとく》の呪《しゅ》を施し降伏《ごうぶく》させせよ！　だれか、誰でもいい……、この幹からオミを取り戻してくれ！」

帝役の今井が打ちひしがれ、舞台に大威徳明王《みょうおう》の真言《しんごん》が津波のごとく押し寄せる。その法力が桜の里を燃やし尽くそうと迫ったその時、ひとつの落雷が帝たちを弾《はじ》き飛ばした。

桜たちの梢上に、小さな仏が降りてくる。

「〃観音《かんのん》だ……観世音菩薩《かんぜおんぼさつ》が、たくさん……たくさんおりてくる〃」

「〃歌声だ。桜御前の〃」

「〝桜御前の歌が、観世音を呼んだのだ〟」

衛士《えじ》も僧も、恐れを成して退散する。放心した帝も、観音の腕に抱かれて里を去るのだ。

狂い咲いて力尽きた桜に雪が降りかかる。

「〝桜鬼……。泣いて泣いて力を使い果たしてしまったのね。オミは一緒よ。さあ、見えない花を溢《あふ》れるほど咲かせよう。一緒に歌おう。いつまでも……とこしえに〟」

枯れていく桜鬼を抱きしめながら、歌い始めるオミ。荒熱を癒すような美しいラストシーンだった。そして穏やかな春が訪れる。夕焼けに映《は》える満開の桜の里、咲き誇る桜たちに囲まれて、ひっそり佇《たたず》む白骨のような枯れ老樹から少女の唄が聞こえてくる。万感の想いで遠く聴いている帝たち。里からあがる夕餉《ゆうげ》の炊煙《すいえん》……。家路につくカラスの声。

仄《ほの》かに発光しながら風に舞い散る花びら、
そして——終幕。

王《おう》ヶ頭《とう》の風が吹くのを響生は感じた。目の前の舞台全体が微笑の光の中に浮かび上がった。

そこには確かに、あの日響生を癒した雪虫《ゆきむし》の愛《いと》しさが満ちていた。

清水《しみず》のように湧《わ》いた拍手《はくしゅ》が一気に噴《ふ》きあがるまで幾《いく》らもしなかった。スコールのような喝采《かっさい》だった。カーテンコールの嵐の真《ま》っ直中《ただなか》にいる奥田がこちらに手を差し伸べる。

するると、つられて観客も一斉にこちらを振り向いた。たくさんの満面の笑顔に驚いた。音響ブースの傍《かたわ》らで、響生は立ち尽くしている。観客の眼《め》はどれも輝いていた。喝采は自分にも向けられていることに気づいた途端、響生の眼から唐突《とうとつ》に、涙が溢れだした。落ちる涙を隠すように、役者たちにならって、深々とお辞儀《じぎ》した。

ありがとう……奥田。

俺は書いていける。

この先も書き続けていける。

おまえが教えてくれた。

俺は俺の言葉の生命を……信じてみたい。

＊

響生が劇作に取り組むようになったのは、それからだ。名実共に『飛行帝国』の座付き作家となった響生は、同時に演劇の世界へ深く踏み込むことになった。

以前から口コミで評判だった『飛行帝国』も『櫻鬼変』でブレイクした。奥田が編み出したネオ・サイケデリックな舞台は目新しく、注目の大学劇団筆頭に数えられ、雑誌の取材が来るようになると、動員数にも拍車がかかった。芝居を書くのは「お笑い活劇の奥田」と「シリアス劇の連城」。この対照的な二本柱が『飛行帝国』の幅を広げたのだろう。下は中高生から、社会人まで、若い観客の支持を集めた。

一員となった響生は、いつしか劇団員とも打ち解けて、居酒屋に行けば必ず演劇論を戦わせる彼らの行司役《ぎょうじ》。呑《の》むと喧嘩《けんか》っ早《ぱや》くなる奥田を止めるのも、響生の仕事となった。

「大体イギリス人でもないのに、なにかっちゃシェイクスピアをありがたがる日本人の気持ちが、俺にゃわかんねーつの！　そもそもあれを本当に面白いと思って観《み》てる奴《やつ》ってどれだけいんだ？」

居酒屋で、ビールを三杯もあおれば、奥田はもう絶好調だ。

「装飾過剰《かじょう》なあの台詞《せりふ》聴いてっと、ガシガシカットしたくなる。まだるっこしいたら、ありゃしない」

「奥田は短気だからなー」

「古典を無批判にありがたがるのを権威《けんい》主義っていうんだ」

「でも役者的にはアコガレっすよ。やっぱ一度はやってみたいスよ。挑戦しがいがあるじゃないスか」

「記憶力のか？」

「んなもん役者の自己満足《ジコマン》だ。だから成功したシェイクスピア劇なんてほんの一握りになっちまうんだ」

「芸をみるってヤツでしょ。演出比べたり、役者比べたり。能《のう》や歌舞伎《かぶき》みたいなもんで、筋は当然みんな知ってて」

「ありがたがってるヤツのほとんどは権威主義者だ。知名度で集客する興行側の狙《ねら》いは結局そういう客だろ。観る側のしたり顔つーか、高い金払ってシェイクスピア観に来ちゃう俺って教養あるよね〜、みたいな自意識がプンプン臭《にお》ってイヤなんだ。朗々《ろうろう》唱えて演じた気になってる役者もな」

「俺は日本語訳に問題があると思いますよ。文法の違い無視してダラダラ訳せば、結局何が言いたいのって結論部分が最後に来る日本語じゃ、無理があるんじゃないかな」

「やっぱ演出でしょう。台詞の装飾過多を処理しきれる人がいないんじゃないかな」

矢継《やつ》ぎ早《ばや》な議論を、ほとんどの場合、響生は聞いているだけだ。どうせ口を挟んでも役者の大声にはかき消される。

「で、おまえはどう思うんだ。連城」

と必ず奥田が最後に訊《たず》ねてくる。響生は少し考えて、

「古典だし、俺は、別に好きでも嫌いでもないが……。当時は斬新《ざんしん》だったかもな。たくさんの人間に衝撃を残したから、今にまで残ってるのかも」

そう呟く響生の念頭には、誰の影があるのか。奥田には察してしまえる。ふと酔いが醒《さ》めた顔になり、

「……残るのは、時代に愛された作品ばかりじゃないさ。その逆もある」

そうかな、と呟き、響生は水割りのグラスを置いた。

「シェイクスピアを観て筆を折った同時代人がいたなら、俺はそいつと会ってみたい」

その横顔を奥田は真顔で見つめている。

そんな恋人を想《おも》うような表情《カオ》しやがって……。

劇作は響生の筆を甦《よみがえ》らせたが、ここは同じフィールドだ。榛原憂月《ゆうげつ》の噂《うわさ》は（しかもディープなやつが）イヤでも耳に入る。奥田は顔が広く、他劇団との交流も頻繁《ひんぱん》で、そういう席では必ず榛原の話題があがった。同席した響生は耐えねばならなかった。目の前で榛原を褒《ほ》め称《たた》えるのを聞くのは、針の筵《むしろ》に座る気分だったろう。

今のおまえを芝居に引きずり込んだのは、やっぱり酷《こく》だっただろうか……。

つい先日も真夜中に突然、響生が奥田の部屋に転がり込んできたことがあった。

一体どこで何をしていたのか。体中擦《す》り傷《きず》だらけで、服には血が滲《にじ》んでいる。聞けば、榛原憂月の新作を観に行った帰りだという。

「おい、一体なにやったんだ！　こんな傷だらけになりやがって……！」

拳《こぶし》はどこに叩《たた》きつけていたのか。ばっくりと割れて血で真っ赤になっている。額《ひたい》も切れて、目が半分開かない状態だった。自分で自分を痛めつけているに違いない。

「よせ、もうよせ！　こんなことしてたら、おまえいつか死ぬぞ！」

だが響生は苦しそうに首を横に振るだけなのだ。

「あの男を殺してくれ……ッ」

奥田にしがみつきながら、響生は瀕死《ひんし》の声で哀願するのだ。

「頼む……、あの男を誰か！」

榛原憂月の影から逃れるどころではない。これはもう病《やまい》だ。榛原の舞台を観に行くことは、自ら暴力を受けにいくも同じことだ。なのにやめようとしない。榛原の言葉が、響生の魂《たましい》を捉《とら》えて離さない。

ただひとつ違うのは、そうやって打ちのめされながらも、創作の手がやまないことだ。打ちのめされればされるほど、それをぶつけるように響生は芝居を書くようになっていった。『櫻鬼変』の流れを汲《く》む伝奇芝居『破間《あぶるま》を越えて』、多重人格の男が体験する地獄《じごく》巡《めぐ》り『マイ・フアニー・ゲヘナ』……。

心ないことを言う客がいなかったわけではない。

「〝連城響生〟って、ちょっと前に『メデュウサ』のパクリ書いたひとでしょ」

「あーあ。いんねーよ。ハイバラもどきは」

「モドキはいいから、オクダのやろーぜ。オクダの」

客の喋《しゃべ》りを耳にしてしまった響生が顔面蒼白《そうはく》で楽屋にやってきた時は、さすがの奥田もうろたえた。胸中はいかばかりだったろう。

だが響生は打たれ強かった。そうなった。何を言われても書くのはやめなかった。

奥田の劇風が防波堤だった。

響生は悲鳴を戯曲にぶつけていた。

第三章

久しぶりに青山千冬《あおやまちふゆ》を見かけたのは『櫻鬼変《おうきへん》』の公演が終わった数日後のことだった。営団地下鉄の四ツ谷《よつや》駅のホームだった。地上にある駅は、雨でレールが濡《ぬ》れていた。リクルートスーツを着ていたので、すぐには誰だかわからなかった。

——要するに榛原《はいばら》の真似《まね》ですよ。

——連城《れんじょう》なんて、榛原のパクリで売れてるだけじゃないですか。

履《は》き慣《な》れない革靴が窮屈《きゅうくつ》そうだった。着こなせていないスーツを見れば、一目で就職活動中だとわかる。元クラスメイトたちは大学四年。これからどこぞの会社説明会に赴《おもむ》くのだろう。

パンフレットを眺めていた千冬の視線がふとこちらを向いた。

響生《ひびき》は正面から見つめ返した。あの日から千冬とは一言も話をしていない。毎日のように榛原の話題で盛り上がった仲が嘘《うそ》のようだ。千冬は気まずげに目をそらし、その場を離れようとしたが、

「青山」

響生が呼び止めた。毅然《きぜん》とした声だった。千冬は立ち止まり、振り返った。観念したのだろう。

「……………。奥田《おくだ》んとこに台本書いたんだって？　勿論《もちろん》タダじゃないだろ？　プロの作家が書くんだから」

棘《とげ》のある皮肉にも響生の心は揺れない。

——これだよこれ。榛原みたいなこれだよ。俺はこーゆー小説を待ってたんだよ！

今ならばわかる。一番身近で喜んでいたこの友が、俺を担《かつ》ぎ上げた榛原信者の本音を誰よりも代弁していたこと。俺を認めたわけじゃない。単なる「小榛原」の登場に手を叩《たた》いただけのこと、あの頃の俺は全く気づいていなかった。

——連城なんて榛原のパクリで売れてるだけですよ。

青山千冬のその後の活動は風の噂《うわさ》で聞くだけだ。所属する劇研で何本か芝居を打ったらしいが、鳴り物入りで入部した「全国大会二位」の演出も、大学演劇では特に話題になることもなかった。

視線を据《す》えたまま、響生は問いかけた。

「榛原の芝居は、その後も観《み》に行ってるのか」

「ハイバラ？　あー……。もーそれどころじゃないわ。こっちゃ就職活動でいっぱいいっぱい。オヤの臑《すね》かじって、まだお気楽な学生やってられるやつが羨《うらや》ましいよ」

不意に突き放された思いがした。あてつけのほうは、耳にさえ残らなかった。手足から力が失せ、空虚な感じが胸に広がり、次第に恨《うら》む気力も萎《な》えていった。

この温度差は何だ。

あの熱狂はなんだったんだ。

あれだけ俺に榛原を絶賛した男のこの変わり様。この男にとって、榛原も所詮《しょせん》は、読み散らかし食い散らかす雑誌や菓子と同じということか。そうか。そういうもんなんだな、と納得してしまったら、不思議に腹は立たなかった。

一時でも親友と呼んだ男だ。

恨み言を言わない代わりに、同情もしなかった。妬《ねた》みがつい言わせた言葉でも、響生を傷つけたのは事実だ。

ホームの軒《のき》から雨の雫《しずく》が滴《したた》る。電車の到着を知らせるアナウンスが響いた。

「芝居はどうするんだ。続けるのか」

「さあ。これでもマスコミ狙《ねら》ってんだ。テレビなら、舞台なんかより、ずっと見てる奴《やつ》多いし。あんなちょびっとの客しか見ない芝居にエネルギー注ぎ込むのって、効率悪いじゃん」

効率……。

効率なのか。

その「ちょびっとの客」も動かせない人間にどんな人間を動かせるのか、響生は問いつめてみたかったが、あえて口にはしなかった。それに、自分がそうされたからといって、千冬の才能を否定する権利は、俺にもない、と思ったのである。

雨を弾《はじ》き飛ばして、六両編成の車両が滑り込んできた。じゃあな連城、と言って千冬は少しだけ微笑《ほほえ》んだ。

「また小説書けよ。熱田《あつた》賞でもとれば、あの時のセリフ、撤回してやるよ」

そう言い残し、千冬は混雑する電車に乗り込んでいく。客に紛《まぎ》れると、もうどれが千冬の背中だかわからなくなった。

改札に向かう人の流れから取り残されたように、響生は去る電車を見送って、ホームに立ち尽くしていた。

いまの俺にはそんな明日は信じられない。

来るはずがない。社会の約束を破りまくった人間に再びチャンスを与えるほど、世間は甘くないだろう。

桜の若葉を雨が濡らしている。

その日以来、青山千冬と言葉をかわすことは、二度となかった。

＊

前向きになった、というのとは少し違う、と奥田は最近の響生を見て思う。

反動ともいう。

吐き出し口を喪《うしな》って、形にできず吹《ふ》き溜《だ》まっていた羞恥心《しゅうちしん》や劣等感が、新たな出口を見つけて勢いよく噴き出した。そんな感じだ。

響生の創作衝動は、異様なほど過熱していった。

戯曲《ぎきょく》を次々と書きあげた。しかも一体どんな強迫観念に駆られているというのか。書き上げた分だけ、毎晩執拗《しつよう》にＦＡＸで奥田のもとへ送りつけてくる。

響生の言い分はこうだ。読まなくていい。保管してくれ。明日自分が不慮《ふりょ》にして死んでも、書いたものが誰かの目に触れるように。書きかけでもいいから、どうにかして残したい。傍《はた》から見ると「なにを馬鹿な」だが本人は本気なのだ。戯曲を書き連ね、やがて掌編《しょうへん》小説が書けるようになってくると、勢いは止まらなくなった。内容は極めて私的なものだ。身の置き所のなさを訴えるものであったり、自白めいたり自虐《じぎゃく》めいたり自嘲《じちょう》めいたりして、オブラートもなく、まともには発表できないくらいにあからさまだが、紛れもなく彼自身にしか発せられない言葉だと奥田は痛感する。これは嘔吐《おうと》反射だ。毒物を入れた躰《からだ》が、本人の意志など無視してそれを外に追い出そうと勝手に運動を繰り返し、胃酸の酸《す》っぱさが鼻を刺激し、体力を消耗《しょうもう》し、目に涙をためながら、胃液では足りなくて胆汁《たんじゅう》まで吐《は》き搾《しぼ》り、息を乱して、自分が吐いた茶褐《ちゃかっ》色《しょく》の胆汁を睨《にら》みつつ、その苦さを噛《か》みしめる——。

だが無心の嘔吐で、知らぬ間に自分自身を獲得している。どれも「榛原憂月」の立場からは絶対に出てこない言葉だ。これ以上のオリジナルが他にあるか。

それでいい、連城。

こんなものは「連城響生」にしか書けない。

発表する場所なんか、なくたっていい。

俺にぶつけろ。

全部受け止めてやる。

「サイキン連城くんに演技みられてると、あたし、すごい怖いんですよ」

観察眼では定評ある劇団員の安部《あんべ》モエが、稽古後のファミレスで感慨《かんがい》深く言った。

「それでいいのか、それでいいのかって問いつめられてる気分になっちゃう。何か悪いなら駄目出ししてって言うんだけど、別にそんなつもりで見てたんじゃないって言われちゃうし……」

確かに、そこにいるだけで奇妙な刺激を役者に与えるようになってきた。『櫻鬼変』の頃は影も薄く、稽古場の片隅で小さくなっていた響生だ。

「あれは格闘してるヤツのオーラさ」

照明仕込図に書き込みしながら、奥田は答えた。

「悔しかったら、ヤツに問いつめられてもひるまないくらい、確信もって表現できるようになるんだな」

やがて『飛行帝国』の人気が上がるにつれて、新進劇作家としての響生の名も広まり始めた。『櫻鬼変』から一年も経《た》つ頃には、劇団に熱烈なファンもつくようになった。

小夜子《さよこ》との事件が起きたのも、この頃だ。吉野《よしの》小夜子は響生の同じゼミの学生で『飛行帝国』の旗揚《はたあ》げからの常連客だった。響生に岡惚《おかぼ》れして、押し掛け女房的につきあい始めたのはいいが、荒《すさ》んだ響生に冷淡な扱いをさんざんされた挙句《あげく》、響生の小説をパソコンから全削除してしまった。痛い目に遭《あ》ったのはお互い様のような有様だったが、無理もない。小夜子には可哀相《かわいそう》だが、響生はまともな恋愛をできるような精神状態ではとてもなかった。榛原の劇作は響生に安息を得る間も与えなかったからだ。

この一年だけで、榛原は四本もの新作を発表している。『アンドロギュヌス』『葬神記《そうしんき》』『サモトラケのニケは笑わず』『成層圏《せいそうけん》を盗め』……。さらに再演が二本。榛原にとっても、劇作・演出ともに最も充実した一年だったろう。

パンチドランカー状態の響生は、もう、立っているだけでやっとだったに違いない。

「ハイバラのこえーとこはさあ、これだけ連チャンで新作連打して、全然レベルおちねえとこだよな」

他劇団との交流会でも、役者が集まれば榛原憂月の快進撃が話題になる。溜《た》まり場《ば》にしている歌舞伎町《かぶきちょう》のお好み焼き屋の二階。バクダンと呼ばれる焼酎《しょうちゅう》カクテルをジョッキであおりながら、役者も演出家も大声で言い合った。

「俺はサイキンのじゃ『ニケ』が一番よかったなあ」

「いや、やっぱハイバラの真骨頂は背徳系《アンチモラル》っしょ。エロがない榛原はハイバラじゃない」

「『アンドロギュヌス』はエロかったなあ。野田《のだ》アヤが生贄《いけにえ》役の御木本《みきもと》里穂《りほ》イカせるとこ……あれ本気だよ、目とかイッちゃってるもん」

「御木本、稽古で脱がしたらしいよ」

「マジ？　セクハラじゃねーの」

「あのひと、男も女も脱がすんだよ。あの藤崎《ふじさき》に稽古でオナニーさせたって有名じゃん」

「里穂ちゃんとデキてるってホントかな」

ジャンクなものから硬派なものまで。榛原は話題に事欠かない。榛原憂月の動向だけで夜が更《ふ》けていく。

「どんなにイッっててもハイバラだから許されるってとこあるよなあ」

「悔しいけど、ヤツはチョージッスよ。時代の寵児《チョージ》。チクショー！　いくら稼《かせ》いでんのかなー……」

そんな会話が長引くと、奥田はハラハラしてしまう。いつもなら「喧嘩《けんか》を止められる側」の奥田も、この時ばかりは逆だ。

隣にいる響生の目は凄《すさ》まじかった。殺気を孕《はら》んで、そこにいる全員を睨《にら》み付けているのだ。

耐える拳《こぶし》がぶるぶる震えていた。ここに刃物の一本もあったら、今にも全員刺してまわりかねない。そんな殺人予備者の前で、呑気《のんき》に榛原を語る連中は、たとえ惨劇が起きてもなぜ自分が刺されたかわからないだろう。響生の過去を知っていてわざとやっているなら、悪質だ。何も知らずにやっているなら罪にはならないというものでもない。

「あんな時は出てってもいいんだぞ」

お開きになった後で、奥田が言ったが、響生は首を横に振る。

「あそこで出てったら、ヤツらの前で認めるようなもんだ。後でなに言われるかわかったもんじゃない」

どんな時も響生は「敵の目線」に囲われている。

「敵」とは無論、榛原憂月《ゆうげつ》のシンパたちだ。シンパだけじゃない。響生を「二番煎《せん》じ」とみなした者全《すべ》てだ。

だがそれも自業自得《じごうじとく》だとわかっている。

「俺にはわからないですよ。連城さんがなんであんなにこだわるのか」

と述懐《じゅっかい》するのは今井《いまい》だ。小道具の準備のため奥田の部屋に泊まり込んだ今井は、縫《ぬ》い物《もの》する手を休めて、呟《つぶや》いた。

「榛原憂月にかなわないのは自明《じめい》のことじゃないですか。連城さんだけじゃない。たくさんの人間が敵《かな》わないわけだし。ちょっと恥かいたからって引きずりすぎですよ。自分の思い通りにいかなくて駄々《だだ》こねてるようなもんですよ」

「がっかりだな。おまえにゃ、そんな風にしかみえねーのか」

針に糸を通しながら、奥田は答えた。

「大失敗した、けど非はぜんぶ自分にある。取り返しはつかない。何から何まで丸ごと、自分にしかないって時の気持ち、おまえ味わったことあるか」

「？　どういうことです」

「失敗した！　って思っても、誰のせいにもできない。言い訳もできない。しかも、その失敗が自分の人生で最も大事なもんにかかわってた時。非も原因も自分だけがわかってて、隅から隅までてめえひとりで抱えこむしかねー時の気持ち」

「………」

「自分責める言葉を、どれだけ綴《つづ》っても埋まらない。やりきれなさで胸が塞いでのたうちまわって、後悔で押し潰《つぶ》されても処置なし。あいつは今、底無しの蟻地獄《ありじごく》にいるんだよ」

今井は神妙《しんみょう》な表情で奥田を見ている。あまり器用ではない太い指で針を操りながら、

「連城が時々暴れるのは、ありゃあ自分で自分を罰してるんだ。体痛めつけでもしなきゃいられないんだ。許してくれる他人は初めからいないから、果てしなく罰して罰して、……気が済むまで罰することが苦しさから逃れる術《すべ》みたいになっちまってんだな」

「奥田さん、自分のことみたいに語るんですね」

「……ずっと見てきてっから」

と呟いて、奥田はふと針を止めた。

「でも見てるしかできない。俺があいつに何をしてやれるわけでもない。もどかしいよ。あいつには、いろいろしてもらってるのにな」

「………。挫折《ざせつ》も知らないヤツは、人の気持ちがわからないってことですか」

やけに固い口調に驚いて顔を上げると、今井は怒ったように目を据《す》わらせている。

「別にンなこと言っちゃいねえ」

「俺にはそう聞こえます」

「今井」

プイと顔を背《そむ》けたきり、もうその話題には触れなかった。

だが数日後。その今井が騒ぎを起こすのである。

＊

「なんだとォッ！　今井と連城がとっくみあいってどーゆーことだ！」

たまたま奥田が劇場との打ち合わせで稽古場を離れていた時だった。きっかけは、響生から、役の超課題と演技のズレを指摘されたことだったらしい。

超課題とは役を演じる上で必ず摑《つか》んでおかねばならない

「その役が何を一番求めているか」という根源的欲求のことだ。目標であり、核心であり、全《すべ》ての行動原理がここに繋《つな》がるよう、役者は演じていかねばならない。今井の演技が超課題に則していないと指摘され、言い合いになったらしい。

だが響生が自分から駄目出しをするわけがない。副団長の白坂《しらさか》によると、不満げな響生を見て今井の方から聞きに行ったようだ。

「あんたには言われたくないですよ！　だいたい、奥田さんはあんたにかまいすぎなんだ。演出家でもないくせに。えらそうな口叩《たた》かないでくださいよ！」

劇団員たちに引き剝《は》がされながら、今井は怒鳴った。

「榛原憂月でもないくせに……！」

それでこの騒ぎか？

ふたりを稽古場に正座させて、帰ってきた奥田が問いつめる。響生も今井も、頰《ほお》や目元を腫《は》らして、散々な有様だ。

「連城、そーゆー重要なこと、演出通さずに言ったおまえもちょっとマズかったが、……それよりも今井、おまえだ。駄目出しされてキレるなんて、それでも役者か」

今井は顔も目も真っ赤にして震えている。冷静な今井らしくない騒ぎだ。

「先に手ぇ出したのは、どっちだ」

「俺だ。奥田」

と響生が言った。「先に殴《なぐ》りかかった」

「それより前に摑《つか》みかかったのは俺です」

と今井も白状した。奥田は不可解そうに首を傾《かし》げるばかりだ。

「おまえらしくないな、今井。一体、なにが地雷だったんだ」

「………。頭で演技してる」

ぽつり、と今井が言った。

「俺は奥田さんみたいに、なにかが乗り移るタイプじゃないですし……、表面の演技だって、昔からよく言われてました。連城さんに言われると、感情の薄い人間は、役者をやるなって言われてるようで……」

「そんなつもりはない」

「そう聞こえるんです！　俺はあんたよりずっと長く奥田さんと芝居作ってきたんです。なのにいきなり横から入ってきて、俺らなんかより、ずっと頼りにされてるあんたが……！」

驚いたのは奥田だった。あのクールな今井が、そんな子供じみた理由で人を妬《ねた》むとは思わなかったのだ。本人が一番わかっているらしく、悔しそうに唇《くちびる》を嚙《か》んでいる。

「………。すいませんでした」

と言って今井は稽古場を出ていってしまった。取り残されたふたりは複雑な表情だ。

「俺は、もう来ないほうがいいか？」

と言う響生に奥田は首を振り、

「他の連中はおまえに信頼よせてるよ。これからも来てくれ。刺激になる」

しかし今井のことも気になっていた。奥田と今井は中学時代からのつきあいだ。響生も「らしくない」言動が気にはなっていたのだが……。

その日の帰り道、たまたま駅前のパチンコ屋の前を通りかかった響生は、店内に今井の姿を見つけた。一番手前の台に座って、パチンコに興《きよう》じている。響生は意を決して、店に入った。途端に大音響が襲いかかってきた。ズラリ並んだCR機と大ボリュームの音楽、過剰《かじよう》な電飾と目まぐるしく変わる液晶画面——。だが長くいれば馴れてしまうらしく、今井は憮然《ぶぜん》とリーチ画面を眺めていた。

その隣に響生は座った。

「やり方教えてくれないか」

声をかけられて、驚いたのは今井だ。響生が足を組んで、台を見つめている。

「麻雀《マージャン》は憶《おぼ》えたけど、パチンコははじめてなんだ」

デジタル回転画面の目まぐるしさを物珍しそうに見つめている響生に、今井は降参したようだった。

「自分がこんなに了見の狭い人間だとは思いませんでしたよ」

「そんなもんだろ。それが普通だ」

「妬みってやつは、自分のみっともなさばかり思い知らされますね……。他人じゃないんだ」

確率変動の絵柄が出てきても、今井は興奮することなく、淡々としていた。

「誰かを妬まずに生きてこれた自分は幸せでしたけど、役者やるには不利だったかもしれないです」

「……」

「自分と向き合うのって、しんどくないですか」

響生は黙っている。どうだろうな、と呟いたが、ジャラジャラ響く大音響にかき消された。

「俺は昔から自分とばかり対話してた。他人と向き合うほうが苦手だから、演劇をやる人間には羨望《せんぼう》を感じるよ」

「俺だってそうですよ。ひとと関《かか》わるの苦手です。どこに境界線ひいたらいいのかわからない」

「境界線？」

「俺、クールだって言われますけど、違うんです。一旦《いったん》親しくなると相手を無理矢理自分に同化させようとする癖《くせ》があって、人間関係壊すのがイヤで、つい必要以上に距離おいちゃうだけなんです」

連続予告の効果音が節操なく響き渡る。今井は盤面から響生に視線を移した。

「連城さんはその逆なんじゃないですか？　榛原憂月にならなきゃ自分には値打ちがないみたいに思ってるんじゃないですか」

響生は驚いた顔でこちらを見た。ズバリ言い当てられたと思った。

「だったら、それ間違いです。榛原になんかならなくても、連城さん充分すごいじゃないですか。才能あるじゃないですか。自信もってくださいよ。そんな悩み、はっきり言ってあてつけですよ。俺らからすれば……！」

言いかけた途端「大当たり」が出て、物凄《ものすご》い勢いで出玉が流れ出してきた。そこで会話は中断した。

間違い……？　間違いなのか。

響生は考え込んでしまう。今井の台は、滅《め》茶《ちゃ》苦《く》茶《ちゃ》「当たり台」だったらしく、店員がドル箱を持って駆け付け、足元の出玉はあっという間に三段重ねになった。

「とにかく、俺はあなたの戯曲、認めてるんですから……」

騒音の中で、今井の言葉ははっきりと耳に届いた。響生は押し黙って、台を巡る銀の玉を見つめている。

＊

別れて店を出てからも、響生は今井の言葉を反芻《はんすう》していた。――俺は間違っている？「榛原憂月にならなきゃ自分には値打ちがない」と思っている自分は間違っている？

たしかに榛原の社会的成功には憧れる。それ以上に榛原のようには振る舞えない自分に劣等感も感じている。何事も榛原を基準にすれば、榛原でない自分を惨めにするだけだ。だけど俺は「榛原憂月」になりたいわけじゃない。なりきって失敗した俺が言うのはおかしいけれど、「連城響生」が「榛原憂月」以上になれたときにやっとここから抜け出せるはずなのだ。いや、それとも俺は単に「榛原」以上に「榛原」になりたいだけなのだろうか。

ただ彼が生み出すものが俺の魂《たましい》を鷲摑《わしづか》みにするのだ。俺が焦《こ》がれるはずのものが榛原から出てくるというだけだ。心から描きたいと欲求するものがことごとく榛原から生み出される。榛原ひとりからだ。世の中はこんなに広いのに、俺が書きたいものを形にしているのは、榛原ひとりなのだ。あれだ。あれなんだ。あれでなければ意味がない。俺が苦心して言葉と格闘しているうちに、ことごとく榛原は俺が描こうとしたものを形にしていく。しかも俺の想像力の範《はん》疇《ちゅう》を遥《はる》かに超える姿で、だ。先を行かれる自分にどんな値打ちがあるんだ。俺は俺の今の才能を認められても、決して信じられはしないだろう。それとも、こういう心の運動を「榛原になろうとしている」と今井は言ったのだろうか。

俺が榛原に似ているのか。榛原が俺に似ているのか。感性のアルゴリズムがごく近似《きんじ》していながら、より富む者――榛原憂月。

理屈抜きで惹《ひ》かれるのだ。

はっきりいえば、愛している。

だからこそ、怖い。榛原憂月という人間が生身で生きている事実が怖い。彼がシェイクスピアのような遙か昔の人間ならばよかった。同時代に生きているということが、悲劇だ。

榛原から離れろ。見ては駄目だ。耳を塞《ふさ》げ、離れて自分独自の美点を捜せ、その小さな芽を大切に育てるより他に道はない。二度と間違いを起こしたくないなら。

俺の魂は榛原の引力に捕まった。その軌道《きどう》から離脱するんだ。苦しいならそうするしかない。だがそれは今の俺には生木を裂くようなものだ。

俺は俺を否定する男を、なぜこんなに愛さなければならないんだ。


日暮れ時の路地をぼんやりと見つめて、響生は立ち止まった。夕食時らしく、どこからか煮物の匂《にお》いが漂ってくる。家の明かりが温かい。団らんのぬくもりを感じた。

ふと近所の家からピアノの音が聞こえてきた。バイエルの何番だかは忘れたが、耳馴染《みみなじ》んだ曲だ。幼い頃、姉がよく弾《ひ》いていた。あどけなく、懐かしいメロディだ。

響生も習いに行かされたが、楽譜に指示される黒鍵《こっけん》が当時の響生には複雑で、弾くのが面倒になり放り出した。黒鍵が好きではなかった。半人前の音のためにわずらわされているようで、全部白鍵《はっけん》なら弾きやすいのに、と子供心に思ったものだ。

黒鍵のなんだか座りの悪い音も好きではなかった。だが、気持ちの悪い不協和音も、半音黒鍵にずらすだけで、鮮やかに明るい音に変わるのには驚いた。

——この黒い鍵盤《けんばん》は、魔法の鍵盤だよ。

姉が幼い響生に言った言葉だ。

——白い鍵盤を助けて、きれいな和音をつくるの。

——だけど、姉さん。白い鍵盤は幾らでもきれいな音をつくるのに、黒い鍵盤だけで、きれいな音はつくれないんだね。

響生は黒鍵を叩きながら、言った。

——変な音……。

厳密な音階の話は、響生にはわからない。ただ白鍵と黒鍵は対等かどうかと言われれば、そうではないような気がした。鍵盤を思い浮かべて、あの白い世界に、短く黒い鍵盤が乗っている様は、光と陰《ひ》のようだと思った。

主役と脇役《わきやく》。陽の当たるところとそうでないところ。主導していく者と追従する者、富める者と貧しき者、世界がひとつの美しい楽曲ならば、それは両者によって成り立っている。

俺は黒鍵なんだろうか……。

＊

『メデュウサ』再演決定の知らせを聞いたのは、翌年の春だった。響生を榛原に出会わせたあの『メデュウサ』だ。その知らせは響生を震撼《しんかん》させた。当時の興奮と熱狂が返す刃となって襲いかかる。この時もう『飛行帝国』は一躍《いちやく》、小劇場の人気劇団へとのしあがり、奥田一聖《かずきよ》と共に連城響生はその座付き劇作家として若い演劇ファンに名を知られるようになっていた。それでも榛原の前では小さな羊だ。

動揺を抱えて翌日、響生は劇場に赴《おもむ》いた。よりにもよって再演版『アンドロギュヌス』の公演期間中だった。観れば観ただけ、自分の創作は無意味だと落ち込むから、最低限のチケットしかとらないくせに、初日が始まると、もう他人が観ているのが許せない。結局懲《こ》りもせず当日券で通いつめては、できるだけ浅い傷で済むようにと構えに構え、恐る恐る劇場に足を踏み入れている。やっぱり観なければよかった、と後で必ず後悔するくせに、観ている最中のめくるめく恍惚《こうこつ》感といったら、舞台の神にその場で魂を売り渡したくなるほどなのだ。

さらに『メデュウサ』再演決定のおかげで、今日の響生は平常心を喪《うしな》いかけていた。

「おい、あれ、榛原じゃないか」

開演直前のことだった。近くの客の声が耳に飛び込んできたのは。意表をつかれて響生は目を剝《む》いた。なんだって……!? 一階席最後部のPA。そこに据《す》えられたディレクター席に今まさにつこうとしている黒服の男がいる。

日本人にしては濃く浅黒い肌、肩にまでかかる縮髪、涼しげな目元と顔立ち、榛原憂月だった。

響生は茫然《ぼうぜん》としてしまった。

何度も何度も二次元上では見てきた顔だ。夢にさえ見た。準備中の暗いPAのそこにだけ強いライトがあたっているかのようだ。人目を惹《ひ》く存在感だ。響生のいる立ち見席からはその横顔がよく見えた。

生身の榛原憂月がそこにいる……。

目が釘付《くぎづ》けになった。その日はとうとう舞台に集中できなかった。舞台を見つめる榛原の横顔ばかりを見つめていた。

なんて端正な横顔だろう。

どこか南方の美しい仏像のようだ。さんざん煮えて凝《こご》った愛憎の邪気など、まるで寄せ付けない。あれが俺を呪縛《じゅばく》し続けた男の横顔なのか。

今や伝説めいた稽古場での逸話《いつわ》の数々を生みだした男だ。本番の舞台にも厳しい眼差《まなざ》しを注ぐかと思いきや、彼は意外にも朗《ほが》らかに微笑していた。自らが創《つく》った舞台を心から愉《たの》しんでいるのだと思った。時折目つきが険しくなることもあったが、稽古場の奇矯《ききょう》なエピソードを生み出す顔ではなかった。

なんて悠然《ゆうぜん》とした表情だろう。

榛原は幕切れと共にカーテンコールを待たず外に出た。響生は夢中で後を追った。後先のことは考えなかった。ホワイエに出た響生は思わず足を止めた。榛原と一緒にいる男に気づいたのである。

藤崎晃一《ふじさきこういち》だった。

目深《まぶか》に帽子を被《かぶ》っていたがすぐにわかった。別の舞台に出演中のはずだが今日は休演日なのだろう。別々の席で観ていて、楽屋へ挨拶《あいさつ》に行くために落ちあったようだ。

客席はまだ満場の拍手が続いている。

藤崎晃一と榛原憂月――。戦友という言葉では言い尽くせない。華やかな美貌《びぼう》の藤崎と、黒髪に褐色肌の榛原。二人の容姿はまさに光と影だ。魂の片割れ、そんな言葉が脳裏《のうり》を過《よぎ》った。舞台という光溢《あふ》れる神殿で輝く太陽と、世界の秘密を握る神秘の月。自然体の素顔でありながら、二人の圧倒的な存在感は、響生に近づかせることさえ許さなかった。

藤崎がわずかにこちらを見たようだったが、響生は立《た》ち竦《すく》んで声も出なかった。

二人が去ると、息することも忘れて立ち尽くした響生は箍《たが》が弛《ゆる》んだように震え始めた。掌《てのひら》が冷たい汗でぐっしょり濡れている。だが――。

その藤崎の姿が、響生の見た最後の生身の姿となるのである。

第四章

衝撃の知らせは、稽古《けいこ》の最中に訪れた。

忘れもしない。あれは新作の通し稽古をやると聞いて『飛行帝国《ひこうていこく》』の稽古場に呼ばれた日のことだ。脚本に手を入れるべく奥田《おくだ》と話し合っていた。そこへ――。

「大変！　大変ッスよ！」

騒ぎながら稽古場に駆け込んできた劇団員がスポーツ新聞を手に握っている。

「おせーぞ、大黒《おおぐろ》。どこまで弁当買いに行ってたんだ」

「すいません……ッ、それよりこれ見てください！　藤崎晃一《ふじさきこういち》が自殺未遂《みすい》で重体って！」

なんだって！

稽古を放り出して、響生《ひびき》も奥田も大黒が持ってきたスポーツ新聞に飛びついた。一面トップで大きく「藤崎晃一、自殺未遂」「重体」との見出しが躍っている。嘘《うそ》だろう、と響生は思った。

「〝電車に飛び込んで下肢《かし》断裂〟……って。両脚切断したってことか！　馬鹿な！」

「ひどい……嘘でしょォ！」

記事には詳細が載っている。事故が起きたのは昨日の夜だ。自宅近くの駅のホームから飛び込んだ。一命は取り留めたが両脚を太股《ふともも》から断裂。病院に運ばれたが依然重体。目撃者によれば、周りに人はおらず、まるで電車に吸い寄せられるように落ちたという。その日稽古には来ておらず、無断欠席した挙句《あげく》に発作的な自殺を図ったらしい。

榛原《はいばら》は！　と怒鳴ったのは響生だった。

「榛原のコメントは！」

「ありません」

と答えたのは後ろにいた今井《いまい》だ。大黒と一緒にコンビニまで買い物に出ていた。別の夕刊紙を手にしている。

「〝コメントを出す段階にはない〟って事務所が。『メデュウサ』は公演中止だそうです」

「公演……中止」

代役をたてることもしないということだ。もう初日まで幾《いく》らもない。一カ月以上にわたる全国公演を全《すべ》てキャンセルなんて通常ならあり得ない。

響生は愕然《がくぜん》と立ち尽くした。頭が真っ白になってしまった。藤崎晃一が自殺を図って重体、あの藤崎晃一が……。脳裏《のうり》にはまだ、劇場のホワイエで見た藤崎の優しげな姿が今もはっきり焼き付いている。栗色のきれいな髪、ギリシア神話の儚《はかな》い美青年を彷彿《ほうふつ》とさせる美しい立ち

姿、日溜まりのような微笑。

——電車に飛び込み下肢断裂。

連なる文字の悲惨さが夢のような記憶を粉々に打ち砕いた。悪い夢だ。タチの悪い誤報であってくれと願ったが、報じる媒体は一紙や二紙ではなく、あらゆるニュース番組にまで取り上げられているのを見て、事実だということを呑《の》まざるを得なかった。

特別榛原憂月《ゆうげつ》ファンというわけでもない『飛行帝国』の面々までも絶句していた。あの榛原たちに、一体なにがあったというのか……。

藤崎晃一は一命こそ取り留めたが、両脚を太股から切断し、役者生命を断たれて舞台を去った。こんなはずではなかったと、誰もが思ったろう。

藤崎の自殺未遂をマスコミはいいように書き立てた。榛原との不仲説、多額借金説、演劇仲間も散々あることないこと騒ぎ立てた。莫大《ばくだい》なキャンセル費用でクレセントカンパニーは火の車、破産寸前だとか……日頃の妬《ねた》みが噴出したように騒いでいたが、全てが雑音にしか聞こえず、響生にはどうでもいいことだった。

榛原は沈黙を通している。

響生は例によって上演前の彼らの記事は全て目を通していた。榛原も藤崎も再演『メデュウサ』に並々ならぬ意欲をみせていたのに、どうして。

何が藤崎を自殺に駆り立てたのか。榛原はそれを止められなかったのか。あの日誰もいないホワイエで見た二人は、互いの半身のようだったじゃないか。

その日響生は眠れなかった。当事者でもないくせに涙が流れて仕方なかった。悔しくて悲しくてたまらなかった。

藤崎晃一は紛《まぎ》れもなく、榛原憂月の魂《たましい》の体現者だった。彼でなければ俺は『メデュウサ』に……榛原憂月にここまで捕まってしまうことはなかったかもしれない。

もう二度と、彼は文字通り、舞台に立つことはできない。二度とあの「藤崎晃一」の演技は目にすることができない。その意味が重すぎて受け止めきれない。この喪失感《そうしつ》はなんだ。「榛原憂月」を形作る何か大事で大きなものが抉《えぐ》られるように奪われた。

いま榛原は何を想《おも》っているだろう……。

人間榛原の胸の内を響生が想うのは、初めてかもしれなかった。

――狂いしものよ、我《われ》を救え。

太陽は喪《うしな》われた。

藤崎の脚が二度とは繋《つな》がることがないように、あの全てが永久に帰ってこない。

＊

胸を抉《えぐ》るような悲劇は、響生の心にも深い傷痕《きずあと》を残した。重い心を引きずって、駅でホームに滑り込む電車を見るたびに、この鉄の塊《かたまり》に飛び込んだのか、とゾッとして、巻き起こされた風に叩かれながら、日々茫然と立ち尽くす。何が藤崎を追い込んだのか、と。

かつて車に飛び込んだ宇陀川《うだがわ》の血塗《ちまみ》れの手が、藤崎にだぶるごとに、響生は確信を深めていくのだ。藤崎を追い込んだのは、俗世間が邪推《じゃすい》するような理由じゃない。おそらく榛原憂月だ。榛原の純粋さだ。俺にはわかる。

おまえの振るう創造の鉈《なた》が、寄り添う人間の喉笛にまで突き刺さったのだ。そうだろう？

藤崎の血しぶきを浴びながら、おまえはなにを思うだろう、憂月。


榛原たちの不幸をよそに、響生のもとには吉報が舞い込んできた。

或《あ》る小説誌から原稿執筆《しっぴつ》の依頼が来た。

まさに三年ぶりだ。

鳳文社《ほうぶんしゃ》の小説誌『騒《そう》』。最近大幅リニューアルして格段に面白くなったと言われるエンタテイメント系小説誌だ。その編集長・勝間田浩《かつまだひろし》から声をかけられた。『騒』は小説のみならず音楽・映像・演劇・ポップアートからアニメコミックまで…、あらゆる若者系カルチャーを網羅《もうら》した高感度雑誌を目指している。演劇界で注目の『飛行帝国』、その若手劇作家である連城響《れんじょう》生に小説を書かせようというのも、話題性を意図した作戦だろう。

しかし……。

「君の作品は、実はデビュー作から追いかけて読んでいたんですよ」

初顔合わせの喫茶店で勝間田浩にそう言われ、『飛行帝国』人気にあやかった依頼だと思いこんでいた響生は固まった。

「じゃあ……『創造《そうぞう》』で書いてた作品も」

むろん全部読んでいるという。響生はいたたまれなくなった。一気に丸裸にさせられた想いがした。

「劇作に携《たずさ》わって一皮剝《ひとかわむ》けたようですね。このまま脚本家を目指すのもいいが、僕は文壇《ぶんだん》に関《かか》わるはしくれとして、とても惜しいと思っています。もう一度小説を書いてみませんか」

『騒』を急成長させたやり手の編集者とは思えないほど穏やかな顔をした勝間田の、その眼《め》には、温かな光が灯《とも》っていた。隣には若い女性編集者が座っている。まだ響生と幾つも違わない、凜《りん》とした瞳の美しい女性だった。

「彼女は芸能担当からうちの編集部に来たばかりなんだが、小説に関しては新米です。君となら二人三脚で一緒に成長していけるはずです。君の担当に、と思っています」

「中宮寺桜《ちゆうぐうじさくら》です」

少し緊張した面《おも》もちで、若い女性編集者は言った。

「連城さんの作品、全て読みました。今の連城さんなら間違いなく三年前とは違う意味で、文壇に新風を吹き込んでくれると思います。お手伝いさせていただけませんか」

胸に染みた。ありがたい言葉だった。文壇から一度は追放された響生に声をかけるのは賭《か》けだろう。しかも勝間田はデビューから『飛行帝国』での劇作まで全て見守っていてくれたのだ。——断る理由などない。

「書かせてください……」

響生は闘う眼差《まなざ》しでそう告げた。

「僕にしか書けない小説を」

＊

奥田には、しばらく劇作から離れる旨《むね》を伝えた。奥田は了承し、響生が小説に復帰することを喜んだ。

「書けよ。連城。ずっと書きたかったんだろ。今のおまえなら大丈夫だ」

ここまでの苦闘をそばにいて見てきた奥田だ。芝居書きに徹してはいたが、響生が本当に帰りたがっている場所がどこかも、奥田にはわかっていた。一緒に芝居を創《つく》りたいという俺のわがままに、もう充分おまえはつきあってくれた。今度は背中を押してやる番だ。

「今更失うものなんて何もない。書けよ」

「奥田……」

いつしか心から親友と呼べる存在となっていた。再出発をはれやかに見送ってくれるのは、奥田だけではない。演劇に触れねば得られなかった仲間が、気がつけば響生の周りにはたくさんいた。

「応援してるよ、連城君！」

オミ役の片桐亜美《かたぎりあみ》らが中心になって、劇団員が祝賀会を催してくれた。陰で音頭《おんど》をとったのは今井だという。本格的に声楽家を目指すため、亜美はすでに劇団を離れていたが、ちょくちょく遊びには来ていて、シャンソンの生演奏を聴かせる馴染《なじ》みの店をわざわざ貸し切りにしてくれた。

「がんばって～！　あたしたち、連城君のファンクラブ作るからあ！」

「連城さん。一曲贈らせてもらえませんか」

と声をかけてきたのは今井だ。あれ以来、今井のわだかまりは解けたらしい。最近では響生と二人で呑《の》みに行くことすらある。その今井がピアノ奏者に何事かリクエストして、やがて生演奏が始まった。水面にキラキラ光が反射しているような曲だ。やたらと軽やかで煌《きら》めくような旋律《せんりつ》の、だが聴くからにかなりの技巧を要する曲だとわかる美しい曲だった。

「ショパンのエチュード第五番変ト長調。またの名を『黒鍵《こっけん》』と呼ばれてる曲です」

「黒鍵……？」

「指の動きよく見てください。右手が黒鍵ばかり弾《ひ》いてるでしょう」

譜面を覗《のぞ》き込むと♭《フラット》が六つもついている。ピアノの習得は幼い頃途中で放り出した響生だが曲名には覚えがあった。

「黒鍵だけでも、こんなきれいでキラキラしたメロディが生めるんですよ」

響生は呆然《ぼうぜん》としている。

「黒鍵メインで弾けるのは〝ネコ踏んじゃった〟ぐらいだと思ってました?」

「どうして、黒鍵のこと……」

「こないだ中野《なかの》で暴れた時、譫言《うわごと》で奥田さんに訴えてたじゃないですか」

──俺は白鍵になれない……。

榛原の最新戯曲《ぎきょく》集を手に入れた直後だった。その完成度に衝撃を受けて肺炎を起こしかけながら酒で潰《つぶ》れた響生が、奥田の腕の中でもがきながら、しきりに譫言を呟《つぶや》いた。

──どうして黒鍵なんだ……。
#《シャープ》や♭でしか表されない黒鍵。白鍵の音のように独自の名もなく、「彼の模倣《もほう》者」「彼の二番手」という属格つきでしか呼ばれない自分。
──俺は多分一生白鍵にはなれない……。

奥田がこちらを見ている。

書けよ、連城。

榛原憂月からは絶対に出てこない、潰された者からしか出てこない言葉。

いまは愛されることなんて考えるな。自分の言葉を獲得するために、嘔吐《おうと》反射でもいい、生理に任せて歌え。喉《のど》が潰れるまで。

奥田の声が響生には聞こえる。

そうだ、奥田。

黒鍵なら黒鍵でもいい。

俺にしか出せない音があるはずだ。

榛原憂月に押し潰された俺にしか、出せない音が……。

復帰第一作のタイトルは決めていた。『ターミネーションショック』。

惑星探査機『ボイジャー』の記事から閃《ひらめ》いた題名だ。宇宙空間で太陽風が吹く範囲を「太陽圏」といい、惑星探査《わくせいたんさ》を終えた探査機は「太陽圏」からの脱出に挑む、その第一段階・太陽風が他の星から吹く風（恒星間《こうせいかん》ガス）に最初にぶつかる場所を「ターミネーションショック」といい、第二段階にあたる太陽風と星間ガスがぶつかり合う場所を「ヘリオシーズ」という。これらに自分と榛原を重ねて、今の心境を描こうというものだ。

榛原は藤崎晃一の事件以来、沈黙している。どこにも発表していないし、表舞台には一切出てこない。

藤崎のことは痛ましいことだった。だが俺には今しかない。

榛原の歌が途切れた今なら。

*

復帰第一作に取りかかろうとする頃、響生は榛原憂月の次公演が決まったことを知った。題名を聞いて不思議に思った。

戯曲集に入っていた作品だ。すると書き下ろしではないということか。ほんの原稿用紙四十枚ほどの小品だ。さすがの榛原も藤崎自殺未遂の痛手で、大作を手がけるエネルギーはなかったのか。

題名は『赤《あか》の神紋《しんもん》』。

榛原にしては地味な作品で、上演してもせいぜい四十分程度だろう。内容も知っているのでいつもほどの身構えはなかった。それよりも、藤崎のことで、榛原が気力を失っていることを危惧《きぐ》した。

「劇風がすっかり変わり果てていたら、どうしよう」

劇場に向かう途中、響生は不安そうに奥田に言った。弱々しい榛原を見ることになるかもしれない。

「そうなれば、俺は荒れるおまえを見なくて済む。おまえには歓迎すべきことじゃないのか」

それを望んでいるのか、そんな榛原は見たくないと思っているのか、響生にもわからなかった。

「同情してるのか」

わからない。ただそんな油断はあったのだ。

そんな人並みの情など抱えて、この舞台は観《み》てはいけなかった。

藤崎を喪《うしな》った榛原が創りあげた舞台は、恐るべき凶刃《きょうじん》を振りかざして、何も知らぬ響生を待ちかまえていたのである。

＊

劇場に足を踏み入れた時から嫌な予感はしていたのだ。

スモークの向こうに隠れた舞台装置から不気味なくらいの誰かの気迫を感じた。だが油断していた響生には、不覚にも、そこから運命の殺気を読みとることができなかったのである。

満場の客席に鳴り響いた鐘は、あとから思えば、地獄の釜の開く合図だった。

榛原憂月の新作舞台『赤の神紋』――開演。

なんだ、これは……。

冷静に見ていられたのは、スモークが晴れていく最初の数秒だけだった。青白い舞台から群れる人々の無数の手が見えだしたとき、体が冷たくなり始めた。やがて震えが起こり始めた。

ちがう――。開演と共にたちまち響生は察したのだ。ちがう。冒頭はこんな場面ではない。これは戯曲集にあった『赤の神紋』ではない。同じ名だが全く別物だ。

何をしでかそうというんだ。榛原《はいばら》！

「〝何をしているのかね！〟」

ブルーとアンバーの照明が舞台を染める。ここは牢獄《ろうごく》。暗く湿った匂《にお》いが感じ取れる。左手を高く持ち上げ、その手首に剃刀《かみそり》をあてているのは、オーギュスト・ハウエル。街の貧乏画家。

「〝絵の具がなかったから……〟」

響生の背筋に電撃が走った。そのオーギュストの最初の一声。なんだ、今のは。藤崎の声を初めて聴いた時と同じ衝撃だった。いや、刮目《かつもく》するほど鮮烈で新しい何かだ。なんだ、このやけにミステリアスな空気をもつ若い俳優は。新渡戸《にとべ》……新《あらた》？　聞いたことがない。

「〝僕にはこの指が神様の指と同化するのが感じられる。いま描《か》かねば、いま生まれるはずの絵は永遠にこの世に生まれ得ない。この情動が生む描線《びょうせん》は色彩は、僕の体を通り抜けて、もう二度とは帰らない。いま描かねば。描かねばならないんだ！　アア、描かせてくれ！〟」

獣《けもの》のように暴れまくる。その獣性にいきなり圧倒された。凄《すさ》まじい放熱量だ。これほどの俳優が無名なのか。本当に？

「〝くそっ創造に飢《う》えた獣め！　パンを筆にしスープを絵の具にした挙句《あげく》、己《おのれ》の血の一滴まで使い切るつもりか。そうはさせんぞ、狂人め！　ここには画布《がふ》もなく絵の具もない。死ぬのが怖くないのか〟」

受けて立つのは主演クラウデス・ジュノー役の阪口輝彦《さかぐちてるひこ》。驚くべきは怪優・阪口に無名の新渡戸が全くひけをとらないことだ。いきなり猛烈なテンションの舞台だ。

やがてこの物語の語らんとすることを察し始めた響生は混乱しはじめた。待て……待ってくれ。『赤の神紋』はこんな話ではないはずだ。榛原はあの小品に大幅に筆を加えた。これは……これは！

「〝オーギュスト！　なんっということだ。私が見ているこれは現実か悪夢か。私は神の手を見つけてしまった。神の創造するがごとく創造しうる手を持つ人間、神の手を持つ人間……オーギュスト・ハウエル。ああ、おそろしい。神の手を持つ男を見つけて私は生きる意味を喪った！〟」

客席に座ったまま、血の気が引いて、足元から流れ出してしまいそうだった。

この物語は――。

「〝おまえを殺してしまいたい、オーギュスト！　なぜおまえが描いてしまうのだ。私が描こうとして描ききれない『戦士達の楽園《バルハラ》』を！　それは私の中にしかないはずだ。いや私の中のものよりも遙《はる》かに鮮やかで神々《こうごう》しい。憎むべし、神に愛されたオーギュスト！　おまえの才能が俺をことごとく押し潰《つぶ》す！〟」

うそだ。うそだろう……。

榛原がこんな物語を書くはずがない。いいや書けるはずがない。だっておまえにはその種がないはずだ。俺じゃないおまえには。「榛原憂月」に潰された男でないおまえには。

「〝私はおまえを愛してはいない。だがおまえの才能を愛している、オーギュスト〟」

それは俺の気持ちの代弁だ。

なぜ俺がそこにいるんだ。なぜ榛原憂月の舞台に俺がいるんだ。

「〝誰かあの男を殺してくれ！　いいや殺してはならない。おまえを愛している、オーギュスト。その神の手を奪ってしまいたい。そして私のものになれ、オーギュスト！〟」

天よ！

存在なんて信じない神を響生は生まれて初めて呪《のろ》った。これはどういうことだ。黒鍵《こっけん》からしか生まれ得ない音が、なぜあの男から生まれてくるんだ。

なぜだ。

俺はいま悪夢を見ている。悪夢だ。目の前で激しく繰り広げられる物語は天才と凡才の対決だった。宮廷画家クラウデスを苦しめ狂気へと走らせるのは、天賦の才能富裕者・オーギュストの存在だ。天才の創造に向ける凡才の浅ましい嫉妬《しっと》、羨望《せんぼう》、憎悪、愛。目が眩《くら》む。どれもこれも露骨に覚えがありすぎる。クラウデスは俺だ。生々しい台詞。その口からほとばしる言葉は、今もこの肌に血を滲《にじ》ませて食い込む荊棘《いばら》そのものだ。俺の痛みが榛原の舞台に載っている。なぜおまえが俺を知っているんだ。なぜおまえが「それ」を描くんだ！

その物語はおまえが書くべきものではない。「それ」を書くのは俺だ。俺にしか書けないものでなくてはならないはずなのに。

まるでおまえの中に俺がいるように、おまえは描ききってしまった。いともたやすく、俺の絶望を描ききってしまったではないか！

新しい舞台は真っ白な光に溢《あふ》れていた。この光芒《こうぼう》が榛原憂月という魂《たましい》の絶叫のようで、その目映《まばゆ》さに体中焼かれた。

「〝切り落としたおまえの腕は、我が聖堂の祭壇に保存しよう。神の腕ここにありき、と記すのだ。思い知ったかオーギュスト！　これが私の苦しみだ。おまえに蔑《さげす》まれてきた乏《とぼ》しい才能で、おまえを死ぬまで飼ってやろう！〟」

ここまで奪わなければ気が済まないのか。これが模倣の罪への仕打ちなのか。

榛原の舞台に俺がいる。俺も含めた世界の全《すべ》てが揃《そろ》っている。白鍵も黒鍵も――そう全てだ。俺の苦闘すらも、あの舞台のほんの一部でしかない。

榛原憂月は紛《まぎ》れもなく「ひとつの世界」の神だ。万能で万全だ。そこには「俺にしか書けないもの」などない。無駄《むだ》な物ですら無駄ではなく、あらゆる才能をかきあつめ、引き出し、掌握《しょうあく》して己の世界にしてしまえる力は人間のものなんかじゃない。不協和音も協和音も何もかもが自在にできるのは、この世界を奏《かな》でる神だけだ。

彼は白鍵《はっけん》ですらない。

「おい……おい、連城。大丈夫か」

絨毯爆撃《じゅうたん》のような万雷《ばんらい》の拍手《はくしゅ》が響生の息の根を止めた。終演後、追い出しをかけられた客が去っても、ふたりは最後まで取り残されていた。響生は前の椅子《いす》に顔を埋《うず》めたまま動けなかった。声もなく、息もしていないように奥田には見えた。

「誰か……おい、誰か！　手ぇ貸してくれ、誰か！」


その戯曲——『赤の神紋』。

響生から全ての可能性を奪った悪夢の作品は、同時に全てを理解された呪わしくも最愛の作品となり、そして——。

連城響生に祈りの意味を教えた。

終　章

あの日の白い冬の蛍は。

雪虫《ゆきむし》はどこだ……。


波の音は繰り返し、岬《みさき》に響き続けていた。

西伊豆《にしいず》の海岸線。黄金崎《こがねざき》と呼ばれるこの断崖《だんがい》にも夕闇《ゆうやみ》が迫っていた。もう陽《ひ》はとうに沈み、黄金色に輝いたプロピライトの崖《がけ》も色褪《いろあ》せて闇に沈んでいこうとしている。まるでクライマックスから溶暗《ようあん》していく舞台のように、波の音だけやむことがない。

海風が肌寒くなってきた。

見晴台にいる響生《ひびき》のかたわらに佇《たたず》んでいるのは、黒髪の若者だ。

あの悪夢の初演から、もう六年の歳月が経《た》とうとしていた。

十九歳のその若者の名は、葛川蛍《かずらがわけい》。思えば響生が最初に『メデュウサ』と出会ったのも十九の時だった。あれから九年。榛原憂月《はいばらゆうげつ》という名の樹海を九年間、さまよい続けた果てに見つけた、運命の〈原石〉。

波濤《はとう》の砕ける重い音が、断崖に響く。

ケイの横顔も夕闇に溶け込んでいこうとしている。西の空に滲《にじ》む最後の赤昏《あかぐら》い光の筋を惜しむように見つめていたケイは、やがて終幕を噛《か》みしめて静かに瞼《まぶた》をおろした。

「行こうか、連城《れんじょう》……」

黒髪が凪に揺れている。

街角で見つけた「オーギュスト」。

ケイは知らない。響生が歩んだ九年間の苦闘の軌跡を。荒々しい熱病の日々を。出会ったあの頃、ケイはギターを抱えて歌を歌っていた。まだ演劇という世界も知らず、ただ呼び合える誰かを求めて、夜の街角で小さな明かりを発していた。

榛原憂月の舞台を夢見て「役者」を目指した〈原石〉は、天才の眼に見出され、いま、次期オーギュスト候補のひとりとして、目映《まばゆ》い舞台に立っている。

——おまえは俺の魂《たましい》を体現する唯一《ゆいいつ》の人間なんだ！

——榛原にだけは渡さない。他の何を演じても榛原だけは演じるな！

敗れ続ける俺の言葉を天にあげてくれ、そう願ったのが新たな舞台の幕開けだったのか。願わねば知らずに済んだ二重の嫉妬《しっと》を塗《ぬ》り重ねて、数奇な運命は、とうとう榛原と響生たちを目に見えない三角形の鎖《くさり》で捕らえてしまった。

「ケイ……」

呼び掛けると、夕闇の中で目を伏せて、ケイは微笑《わら》った。懐《なつ》かしい微笑だった。

その姿に淡い光が滲《にじ》むのを感じ、響生はいつか暗い寝室でそうしたように、思わず手を伸ばそうとしたが、届く前にためらって、指を折り曲げてしまった。いま触れたら、遭難者の見る幻《まぼろし》のように、このままケイごと儚《はかな》く消えてしまいそうな気がした。

俺の臆病《おくびょう》さが追い詰めたケイ。

監禁までしてでかすほど執着《しゅうちゃく》されていた男から、手酷《てひど》く忌《い》まれ拒絶されたケイの傷は、きっと簡単には埋められないだろう。ひとの視線に怯《おび》えて演じられなくなるほどに自分を責め続けたケイの哀《かな》しみを思って、響生はまた胸が塞いだ。

海風が吹き抜ける。

夕闇に佇むケイの黒髪を優しくあおいでいる。

ふと傍《かたわ》らに親友の気配を感じ、響生は慰《なぐさ》められたような気がして、沖のほうを見やった。

奥田《おくだ》……、おまえに救助されてきた俺は今、この崖に立って考える。喪《うしな》ったものを取り戻すために偶像とばかり向き合ってきた俺に、おまえたちは生身の人間と向き合う困難と喜びを、身を以《もっ》て教えてくれる。その果てに得るものも。

俺はまだここにある、その意味を。

いつか奥田と歩いた王《おう》ケ頭《とう》の夕闇を感じた。枯れススキの野原に舞っていた雪虫。冬の蛍。

その蛍を名に持つ人間が今、こうして、そばにあることの不思議を思った。

自業自得の過《あやま》ちを重ねてきた。救いのない失敗ばかりだった。

雪虫を想《おも》う切なさが傷の痛みを癒《いや》していた。いつも。求めていたのは微笑だった。痛みに歪《ゆが》む口元を微笑させてくれる何かだった。

ケイを故郷の雪原に連れていってみたいと思った。姉の沙霧《さぎり》がケイの顔立ちを見て「キタキツネに似ている」と言っていたが、確かに彼を見ていると、北の大地に立たせてみたくなる。

小さな灯火《ともしび》が、汚《けが》れなき新雪の大地を照らして凍える命を温める。そんな光景を想像して響生はもう一度ケイを抱きしめたくなった。母と子の罪も、交わってはならぬ命同士が犯した罪ごと、おまえを想う切なさは、あの日の雪虫の切なさに似ている。

「歌ってくれないか、ケイ。久しぶりに」

波音を背にしながら、響生にそう言われ、ケイは少し困った顔になった。

「オレはもう歌は……」

「いいんだ。おまえの演技も、魂の歌のようなものだから」

ケイはやや真摯《しんし》な瞳《ひとみ》に戻って響生を見、やがて海の方へと向き直り、歌を口ずさみ始めた。

奈良《なら》の街角で歌っていた、あのとりとめもない優しい歌だった。

その歌には黒鍵《こっけん》も白鍵《はっけん》もない。

黒鍵も白鍵も溶けだして、ただそこにたゆたう歌があるだけだった。

伴奏を奏《かな》でるのは海だ。

赤い光が水平線に溶けだしていく。身を委《ゆだ》ねるだけだ。人の手の入らない偉大な終幕に。

幕が降りても、海は鳴り続けるだろう。

終止符のない音楽のように。


——END——

あとがき

もしあなたが役者になるとしたら、どんな役を演じてみたいですか。

と質問されたら、私は迷わず「舞台をめいっぱい走り回る役」と答えます。アクション時代劇で主人公の味方になって活躍する三人娘のひとり、とかが憧《あこが》れです。

広い舞台を駆《か》けずり回るのは気持ちよさそうで、いいなあ。

などと話を振りつつ、今回は連城の若い頃のお話です。


お久しぶりの『赤の神紋《しんもん》』です。桑原水菜《くわばらみずな》です。

今回のドラマは本編の流れをやや離れまして「連城《れんじょう》がいかにして榛原《はいばら》の舞台と出会い、アイタタタな目をみてきたか」です。雑誌でポツポツ書き重ねたものに若干《じゃっかん》手を入れつつ（さりげに訂正もしつつ）ようやく一冊にまとまりました。

どんなアイタタ話になるかと思いきや、蓋《ふた》を開けてみれば、連城と奥田《おくだ》さんの友情物語に。奥田贔屓《びいき》の皆さんにはたまらないエピソード満載になっているのではないかと思います。勿論、十九歳連城の青々した頑《かたく》なっぷりも見所のひとつです。そしてさらに、この『黒鍵』の後に一巻を読んでみると、連城のカッコツケっぷりの激しさにクラクラすること請け合いです。あんなに地味で固かったのに……。『赤の神紋』からの五年間で一体彼になにがあったのでしょう？　そっちのほうが気になって仕方ない今日この頃です。

また『ファイアフライ』でも触れられなかった「榛原と藤崎《ふじさき》の舞台」がいくつか。藤崎の出る芝居はできるものなら私も見てみたいのですが（ムリ）『狗賓星《ぐひんぼし》』のラストシーンは藤崎贔屓の皆さんに捧げます（……）。それと人造人間好きな私には、アダムの起動シーンとかは夢のように楽しかったです。のちに、とあるCMで水槽の中のガクトさん見て、ああ美しい人にはやはり水槽が似合うなあ、と実感しました。目が喜びます。

そして、あとがきを先に読んだケイ贔屓の皆さんに「なんだ、今回ケイは出てないんだ～」と思われるといけないので書きますと、しっかり（ちゃっかり）出ています。七巻と八巻の間の微妙なケイがいます。話はやや戻りますが、ケイの芝居でいま一番みてみたいのは、実は獣《じゅう》三郎《ざぶろう》だったりします……。「悪」なケイ、イイ。

またまた間があいてしまいお知らせが遅くなりましたが、ドラマCD第二弾が出ております。タイトルは『赤の神紋II　—VERVE　BLACK—』原作四巻を中心にしたエピソードです。

初登場・新渡戸《にとべ》新《あらた》役／三木《みき》眞一郎《しんいちろう》さんをお迎えしまして、ケイ・ワタル・新と（文字通り）役者も揃《そろ》い、連城役の竹若拓磨《たけわかたくま》さん、ケイ役の櫻井孝宏《さくらいたかひろ》さん、榛原役の関俊彦《せきとしひこ》さんのトライアングルもだんだん絡みが深くなっていきます（メインキャストは八巻あとがき参照）。

演劇物だけに、相変わらず脚本を書くのは緊張しますが、音声劇と小説は、いずれも「見えてくる光景は脳の中にある」というのが共通点。ドラマは「聴き手に訴える表現」と「受け止める側の想像」が噛《か》み合った「そこ」にのみ存在する、というのが美しいところです。この儚《はかな》さ、だけど確かにある感じ。

そんなことも味わいつつ、聴いていただくのもすてきです。役者魂《だましい》を垣間見る街頭劇やお芝居シーンは聴き所です。長谷《はせ》寺での連ケイが醸《かも》す空気は、映画の1シーンのようで浸ります。桜役の田中敦子《たなかあつこ》さんには思わず「ほう…」と溜息をついてしまいましたので男性の皆さんも必聴です。勿論《もちろん》「なぜこの方の『!』はこんなにイイのだろう」とか「叫んだ時の声の割れっぷりがセクシィなのよね」とかなマニアック系リスナーの皆さんにもおススメさせていただきます。

そしてこれらのドラマを盛り上げる劇伴音楽。ぐっときます。

『赤の神紋II　―VERVE　BLACK―』（発売ランティス／販売キングレコード）インターネット・アニメコミック店等でお取り寄せできるかと存じます。よろしくおねがいいたします。

さて今後の『赤の神紋』ですが、
お待たせしております「第九章」をまもなくお届けする予定です。

そのあとは大詰めまで、テンポよくバシバシ続きをお届けしたいと思いますので、手にとっていただけると幸いです。

このシリーズを書き始めてから、お芝居を観に行く機会がぼちぼち増えまして、出不精の私が外に出るよき口実になってます。芝居を観てるときって、ほんと日常を忘れてどっぷりつかれるのがいいですね。このごろますます「舞台はいいなあ」と思います。

もちろん個人的に贔屓の役者さんもたくさんいますが（書くといろいろ支障があるので伏せますが……↑笑）……本当にうるおされます。

この「うるおされる」感覚って、とても大事なんじゃないかな。

連城もたびたびケイには「うるおされ」てますが（されすぎてヌレヌレ）、演じるという行為はセクシィだなと思います。

そして演出という行為は、ある意味、エロいです……（笑）

これでも私、幼い頃「将来の夢は女優」と豪語しておりました。

ケイや藤崎といったキャラが好きなのは、おそらく、役者という人々に対する永遠の憧れを、彼らが体現してくれているからではないかと思います。

もはやすっかり骨の髄《ずい》まで書く側になってしまいましたが、いまでも役者という人々には憧れを感じます。その世界にどこか立ち入れないものを感じるから、余計に憧れるのかもしれません。

連城などは書いていると時々ナマっぽすぎちゃって、素直に「好き」とは言えないのですが、こんなみっともない人でも「好き」だと言ってくださる方々に心からありがとうです。大学生・連城の頑なさなど書いてると、胸の奥がツンと痛みますが、まあ、カッコツケはほどほどに、これからも等身大のあなたでいてください、と頭を下げたい気分。

いつか、カッコよさってどうやって書くんだっけ？　と少々悩み始めてます。

頼みはハイバラさんだけです。

若い彼らにおつきあいいただきありがとうございました。

次は「第九章」にて、まもなくお会いいたしましょう。

二〇〇四年七月

桑原　水菜

くわばら・みずな

9月23日千葉県生まれ。天秤座。O型。中央大学文学部史学科卒業。1989年下期コバルト読者大賞を受賞。コバルト文庫に「炎の蜃気楼」シリーズ、「風雲縛魔伝」シリーズ、「赤の神紋」シリーズが、単行本に「真皓き残響」シリーズ、『群青』『針金の翼』などがある。趣味は時代劇を見ることと、旅に出ること。日本のお寺と仏像が好きで、今一番やりたいことは四国88カ所踏破。

赤の神紋　黒鍵

COBALT-SERIES

2004年7月10日　第1刷発行

★定価はカバーに表示してあります

著　者　桑原水菜
発行者　谷山尚義
発行所　株式会社 集英社
〒101−8050
東京都千代田区一ツ橋2−5−10
電話　東京 (3230) 6268(編集)
(3230) 6393(販売)
(3230) 6080(制作)

印刷所　図書印刷株式会社

ISBN4-08-600440-2 C0193